著

年飞花令

城无处不飞花

单字飞花

北方文艺出版社

**图书在版编目（CIP）数据**

春城无处不飞花 / 宋琬如编著 . -- 哈尔滨：北方
文艺出版社，2020.10
　（少年飞花令）
　ISBN 978-7-5317-4729-1

　Ⅰ . ①春… Ⅱ . ①宋… Ⅲ . ①古典诗歌 – 诗歌欣赏 –
中国 – 少儿读物②词（文学）– 诗歌欣赏 – 中国 – 古代 – 少
儿读物 Ⅳ . ① I207.2-49

　中国版本图书馆 CIP 数据核字（2020）第 143892 号

# 春城无处不飞花
CHUNCHENG WUCHU BU FEIHUA

编　著 / 宋琬如

出 版 人 / 薛方闻　杨　晶
责任编辑 / 李正刚　　　　　　　封面设计 / 周　正

出版发行 / 北方文艺出版社　　　网　址 / www.bfwy.com
邮　编 / 150008　　　　　　　　经　销 / 新华书店
发行电话 / （0451）86825533　　地　址 / 哈尔滨市南岗区宣庆小区 1 号楼

印　刷 / 艺堂印刷（天津）有限公司　开　本 / 680×915　1/16
字　数 / 100 千　　　　　　　　　印　张 / 8
版　次 / 2020 年 10 月第 1 版　　　印　次 / 2020 年 10 月第 1 次印刷

书　号 / ISBN 978-7-5317-4729-1　定　价 / 25.60 元

序言

彭敏

如果要用一个词来形容诗词对孩子的人生所起的作用，我认为是"点亮"。大文豪苏轼说得好："腹有诗书气自华。"读诗词和不读诗词，真的是两种完全不同的童年。美丽动人的诗词，会点亮一个孩子的人生，让他的灵魂像大海一样辽阔且丰盛。那些抑扬顿挫的韵律和百转千回的情思，会给孩子的想象力插上一对巨大的翅膀，让他们能够跨越浩瀚时空，去和李白、杜甫、苏轼这些伟大的灵魂执手言欢，促膝长谈。

《中国诗词大会》的热播，在全中国的孩子们当中掀起了一股读诗词、背诗词的热潮，飞花令游戏也风靡一时。常见的诗词选本都是按照诗人所处年代的时间顺序来编排，"少年飞花令"这套书却独辟蹊径，以飞花令为切入点，选取诗词中经常出现的常见字及组合进行编排，让孩子在阅读经典诗词的同时，还能遍览飞花令的诸多玩法，既提升了诗词储备量，也在无形中练就了飞花令的"绝技"。为了不让持续阅读的过程流于枯燥疲累，书中插入了许多趣味小故事，让诗人的形象变得更加丰富立体，不时还会有趣味诗词游戏，寓教于乐，劳逸结合，这样的阅读体验着实令人心旷神怡。

诗词是中国人的文化原乡，孩子们的精神沃土。愿天下喜爱诗词的孩子，都能从这套书里拥抱诗词的美好，感悟人生的真谛！


（彭敏，第五季《中国诗词大会》总冠军，中国作家协会《诗刊》社编辑部副主任）

前言

　　春城飞花时，秋篱雨落后，携一缕诗香，在流年中漫步，便是人生最美的遇见。读诗，读史；读词，读人。展卷阅诗词，不知不觉，便已将世间风景阅遍。无论辗转多少岁月，诗词的纯净至美都足以令人陶醉感怀。花前对月，泪里梧桐，栏杆斜倚，柳下松风，咏不尽的风物，诉不尽的真情；云涛晓雾，暗香蛙鸣，沧海渺渺中，自见壮怀山水。

　　飞花令，古代文人墨客宴饮时常行的一种助酒雅令。古往今来，有不少流传千古的名章佳句都是在行飞花令时即兴创作而得。俯仰上下，想到那时的盛况，纵然不能目睹，也能想见时人的文采风流、才思机敏。

　　读诗览胜，对词怀古，人生最美的旅行，便是乘诗词之舟，跨越千年，与名人雅士来一场穿越时空的邂逅。为此，我们精心遴选了历代诗词大家的经典之作，以飞花令的形式，为青少年读者量身定制了这套"少年飞花令"。

　　我们徜徉在诗词胜境中，既能看春夏秋冬四时之绚烂、观风霜雨雪各自妙景，又能品梅兰竹菊无双淡雅、阅鱼虫鸟兽自然性灵，不知不觉，便已沉醉其中。诗词千般，卷帙浩繁，不一样的格律、不一样的感喟，述的却是同一段历史、同一种悠情。

　　成人读诗，读的是人生；少年读诗，读的则是趣味，是品格，是志向。万里长天共月明，飞花有时最情浓。飞花令里读诗词，浮沉过往，让少年感知历史，鉴阅人生，以古知今，培一种性情，养一段雅趣。

# 玩转飞花令

## 古代飞花令

飞花令其实是中国古代一种喝酒时用来罚酒助兴的酒令，"飞花"一词出自唐代诗人韩翃的《寒食》中的"春城无处不飞花"一句。该令属雅令。一般来说，行令时选用的诗句不仅必须含有相对应的行令字，而且对该行令字出现的位置同样有着严格的要求。行令时首选诗和词，也可用曲，但一般不超过七个字。例如：

花开堪折直须折（"花"在第一字）

落花人独立（"花"在第二字）

感时花溅泪（"花"在第三字）

以此类推。可背诵前人名句，也可即兴创作。当作不出、背不出诗或作错、背错时，则由酒令官命其喝酒，算是一个小小的惩罚。

当然，飞花令并不局限于"花"字，诸如"月""酒""江"等经常在古诗文中出现的字都可以成为飞花令的行令字。

## 单字飞花令

历经时代变迁，飞花令在岁月流转中，演绎出了不同的玩法。单字飞花令是古代飞花令的一种延续，它的玩法与古代飞花令一致，只是对行令字出现的位置没有要求。例如：

云破月来花弄影

云中谁寄锦书来

天光云影共徘徊

以此类推。玩法较古代飞花令更加灵活，可以让孩子和大人一起参与，共同感受流传千古的诗词经典之美。让诗词在历史长河中熠熠生辉，影响一代又一代的中国人。

# 目录

注：★为小学必背古诗词　★为初中必背古诗词

## 关雎

《诗经·周南》

关关①雎鸠②，在河之洲。窈窕③淑女④，君子⑤好逑⑥。
参差⑦荇菜⑧，左右流⑨之。窈窕淑女，寤寐求之。
求之不得，寤寐⑩思服⑪。悠哉⑫悠哉，辗转反侧⑬。
参差荇菜，左右采之。窈窕淑女，琴瑟⑭友⑮之。
参差荇菜，左右芼⑯之。窈窕淑女，钟鼓乐之。

### 🔖 注释

①关关：水鸟鸣叫声，拟声词。②雎鸠（jū jiū）：一种水鸟名。相传这种鸟雌雄情意专一，一生只有一个配偶。③窈窕（yǎo tiǎo）：文静美好的样子，叠韵词。④淑女：善良美好的女子。⑤君子：《诗经》中男子的通称。⑥逑：配偶。⑦参差（cēn cī）：长短不齐的样子，双声词。⑧荇（xìng）菜：一种水中植物，嫩叶可以吃。⑨流：求取。⑩寤寐：日日夜夜。寤（wù），睡醒；寐，睡着。⑪思服：思念。服，思念。⑫悠哉：形容思念之情绵绵不尽。⑬辗转反侧：翻来

覆去，不能安眠。⑭琴瑟：古代乐器名，常用于比喻夫妻恩爱和美。⑮友：亲近。⑯芼（mào）：挑选。"流""采""芼"皆指采取，但动作与感情的程度呈递进关系。

## 译文

　　雌雄和鸣的雎鸠，在河中的沙洲上。贤良美好的女子，是君子最好的配偶。长短不齐的荇菜，左右两边来求取。贤良美好的女子，日日夜夜都想追求。求而不得，日夜思念，思念绵绵，让人难以入眠。长短不齐的荇菜，左右两边来采摘。贤良美好的女子，弹琴鼓瑟来亲近。长短不齐的荇菜，左右两边来挑选。贤良美好的女子，敲钟击鼓让她高兴。

## 赏析

　　从全诗来看，诗中的抒情主人公应该是一位纯情的青年男子。他把对心上人的思念藏在心里，日日夜夜都在思念。诗歌以雎鸠的和鸣声起兴，听着一对两情相悦的鸟儿的和鸣，主人公想起了自己的心上人。诗歌没有正面描写姑娘如何漂亮温柔，只是主人公一次次地称之为"窈窕淑女"，能让一位男子如此动情的必定是一位美丽漂亮而又温柔贤淑的好姑娘。心中的思念就像水中的荇菜一样不绝如缕，难以排遣。在痛苦的相思中，主人公又想到了自己应当主动向梦中情人表白，甚至想到有朝一日能够与自己的心上人结成恩爱的夫妻。

　　《诗经》有六义：风、雅、颂、赋、比、兴。《关雎》中以兴为主，但"兴"中带"比"。如此诗起兴，但兴中又以雎鸠之生有定偶而不相乱，偶常并游而不相狎来"比"淑女应配君子；以荇菜流动无固定方向起兴，兴中又暗指淑女之难求。这种手法的优点在于寄托深远，含蓄隽永，能产生文已尽而意有余的效果。

# 将进酒①

[唐]李白

君不见②黄河之水天上来③，奔流到海不复回④。

君不见高堂⑤明镜悲白发，朝如青丝⑥暮成雪。

人生得意⑦须尽欢，莫使金樽空对月。

天生我材必有用，千金散尽还复来。

烹羊宰牛且为乐，会须⑧一饮三百杯。

岑夫子，丹丘生⑨，将进酒，杯莫停。

与君⑩歌一曲，请君为我侧耳听：

钟鼓馔玉⑪不足贵，但愿长醉不复醒。

古来圣贤皆寂寞，惟有饮者留其名。

陈王⑫昔时宴平乐⑬，斗酒十千恣⑭欢谑⑮。

主人何为言少钱，径须⑯沽⑰取对君酌。

五花马⑱，千金裘⑲，呼儿将出换美酒，与尔⑳同销㉑万古愁！

**注释**

①将（qiāng）进酒：属汉乐府旧题。将，请。②君不见：是乐府诗常用的一种夸语。③天上来：黄河发源于青海巴颜喀拉山脉雅拉达泽山麓，因那里地势极高，故称"天上来"。④回：流回来。这两句的意思是黄河从西边的高山上奔流而下，那磅礴的气势仿佛从天上流下一样，流到大海之中就不会再回来。暗指时间消逝得很快，难以挽回。⑤高堂：高大的厅堂。一说指父母。⑥青丝：

黑发。这两句的意思是诗人因在高堂上的明镜中看到了自己的白发而悲伤。⑦得意：适意高兴的时候。⑧会须：正应当。⑨岑夫子：岑勋。丹丘生：元丹丘。二人都是李白的好友。⑩与君：给你们，为你们。君，指岑、元二人。⑪钟鼓馔（zhuàn）玉：形容富贵豪华的生活。钟鼓，富贵人家宴会中奏乐使用的乐器。馔玉，形容食物如玉一样精美。⑫陈王：指陈思王曹植。⑬平乐：观名，故址在洛阳西门外，为汉代富豪显贵的娱乐场所。⑭恣（zì）：纵情任意。⑮谑（xuè）：玩笑。⑯径须：干脆，只管。⑰沽：买。⑱五花马：指名贵的马。一说毛色斑驳的马，一说鬃毛修剪成五瓣。⑲千金裘：指价值千金的名贵皮衣。⑳尔：你。㉑销：通"消"。

## 译文

　　你没有看见吗？黄河之水从天空奔腾而下，流向东海，再不回来。你没有看见吗？在厅堂里对着明镜为新生白发而伤悲，早晨还青丝如墨，傍晚就已白发胜雪。人生得意的时候就应该尽情地享乐，不要让金酒杯空对明月。上天赋予我非凡之才肯定是有用处的，千两黄金散尽还能再次得到。烹宰牛羊，暂且行乐，应该一次痛饮三百杯。岑夫子、丹丘生，请畅饮，别停下。让我为你们唱歌一曲，请你们侧耳细听。钟鸣鼎食的豪华生活不算尊贵，只希望能一直醉下去不要醒来。古往今来，圣人贤士都寂寞无名，只有醉饮的人才有美名流传。昔年，陈王曹植在平乐观设宴欢饮，觥筹交错，无拘无束地谈笑。为什么要说钱不够呢？只管去买酒来一起畅饮就是。名贵的马匹、价值千金的裘衣，都拿出来，让侍儿去换美酒，与你们一起消除这万古的忧愁。

## 赏析

　　诗一开始就从广袤的空间和转瞬即逝的时间上展开。"君不见黄河之水天上来，奔流到海不复回"，诗人以写景起兴，实中有虚，虚中有实，实景是黄河之水奔流东去，虚景则是"到海不复回"的想象。接下来依然由"君不见"起句，"君不见高堂明镜悲白发，朝如青丝暮成雪"，岁月流逝是何等迅速，人生苦短的悲哀跃然纸上。"人生得意须尽欢，莫使金樽空对月"，高歌人生得意，开怀痛饮，不可辜负这"金樽对月"的美好时光，才是诗人的真情实感。"天生我材必有用，千金散尽还复来"，这是对"人生得意"的承接，只有如此，方得见诗人高歌"人生得意"，何等痛快，何等淋漓。酒逢知己的豪情被诗人发挥到了极致，引出了下文对怀才不遇的感慨。

　　"钟鼓馔玉不足贵"，诗人蔑视权贵，施展一腔抱负才是诗人的目的。可惜天不遂人愿，这种痛苦时刻困扰着诗人，"但愿长醉不复醒"，只有在醉后才能摆脱这样的痛苦，激愤之情终于喷薄而出。"陈王昔时宴平乐，斗酒十千恣欢谑"，当年的曹植面对政治上的失意，只能借酒消愁，诗人在借酒消愁的同时，更进了一步，那就是睥睨现实、傲然挺立。虽然谁都知道"万古愁"不可能消除，但是他依然发出了"与尔同销万古愁"的慷慨高歌。这里面或许有些悲愤，但是悲愤中显示的是诗人无比豪迈、无比乐观的人生态度。

# 春望

[唐] 杜甫

国破山河在，城春草木深。

感时花溅泪，恨别鸟惊心。

烽火①连三月②，家书抵万金。

白头③搔更短，浑④欲不胜簪⑤。

## 注释

①烽火：古时候边防报警的烟火，此指战争。②三月：形容时间很长，非确指。③白头：指白发。④浑：简直。⑤不胜簪（zān）：意思是头发短得连簪子都插不住。

## 译文

国家破碎，山河依旧，春日的长安，草木稠密，人烟稀少。感伤时局，看到花儿流下泪水；怅恨离别，听到鸟儿啼鸣心惊胆战。连续数月，战火连绵不断；一封家书抵得上万两黄金。白发越搔越短，束发的簪子就要插不住了。

## 赏析

首联为远望之景，山河依旧，但国家已经沦陷。诗人以今日"国破"之凄与"草木深"之荒芜入手，以"破"与"深"这样强烈的字眼来加重情感的基调，字里行间展现的全部都是国破家亡之悲。颔联上承首联，写了"春望"之近景。一个"溅"，一个"惊"淋漓地表现了诗人内心情感的激荡。并且，"感时"是忧国之思，对照首联的"国破"；"恨别"则是思亲之念，对应颈联的"家书抵万金"，构思严密而精巧，层层递进。

颈联以悲切的笔调述说了时局：烽火连天，战事不休，战乱之中，亲人离散。"家书"一句，蕴含了诗人内心无尽的期盼、担忧与辛酸，寥寥数语，不闻凄声，却已满目凄情。尾联笔锋一转，写了自己的衰老与忧思。全诗寓情于景，意境幽深，实是千古难得之佳作。

# 逢入京使

[唐] 岑参

故园①东望路漫漫②，双袖龙钟③泪不干。
马上相逢无纸笔，凭④君传语⑤报平安。

## ◈ 注释

①故园：岑参是长安人，但因为职务关系，数度出使边塞，此处故园既指故乡长安，也指诗人在长安的家。②漫漫：路途遥远的样子。③龙钟：湿漉漉的样子，沾湿。④凭：请求，烦劳。⑤传语：捎口信。

## ◈ 译文

向东遥望长安故园，路途遥遥；两个袖子湿漉漉的，泪水却还没擦干。在马上相遇，没有纸笔，只能烦劳你捎个口信，告诉家人我一切安好。

## ❀ 赏析

　　这是一首思乡诗，是岑参的代表作之一。全诗语言平易，情感深挚，读来颇有几分"清水出芙蓉，天然去雕饰"的味道。

　　诗的首句写眼前景，点明时间、地点。诗人正在去安西赴任的途中，回首东望故园，思绪万千，"路漫漫"不仅点出了距离家乡越来越远，也含蓄地表达了"故园难再回"的惆怅，为之后的抒情做铺垫。次句，承接首句，借景抒情，虽然略带夸张，但语言质朴，真实地表现出了诗人想念家乡、家人的情态。用袖子擦眼泪，袖子都湿了，眼泪还没擦干，可见泪落之多，思乡之切。三、四两句，借势点题，以"相逢"照应诗题，"传语"简单地收束全篇，语尽情未尽，细细品读，更觉余味悠长。

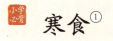

# 寒食①

[唐] 韩翃

春城无处**不**飞花，寒食东风御柳②斜。
日暮汉宫③传蜡烛④，轻烟散入五侯⑤家。

## 注释

①寒食：寒食节，在清明前一两天，相传是为纪念春秋时被焚的晋人介子推而形成的风俗，这一天禁火，只能吃冷食。②御柳：皇城里的柳树。③汉宫：这里用汉代皇宫借指唐代皇宫。④蜡烛：指宫中传赐的新火。⑤五侯：泛指权贵豪门。

## 译文

春日的长安城，处处柳絮飞舞、落红无数；寒食节时，皇城里的杨柳在东风的吹拂下枝叶轻斜。黄昏时候，宫中忙着传赐蜡烛；袅袅的轻烟在王侯贵戚家中飘散开。

## 赏析

此诗第一句就展示出寒食节长安的迷人风光。把春日的长安称为"春城"，不但造语新颖、富于美感，而且两字有阴平阳平的音调变化，谐和悦耳。处处"飞花"，不但写出春天的万紫千红、五彩缤纷，而且确切地表现出寒食的暮春景象。第二句专写皇城风光，剪取无限风光中风拂御柳一个镜头。当时的风俗，寒食节折柳插门，所以特别写到柳，同时也关照下文"以榆柳之火赐近臣"的意思。

第三、四句写夜晚，"日暮"则是转折。写赐火用一"传"字，不但写出动态，而且意味着挨个赐予，可见封建社会等级森严。"轻烟散入"四字生动地描绘出一幅宫中走马传烛图，虽然既未写马也未写人，但那袅袅飘散的轻烟，使人嗅到了那烛烟的气味，听到了那"嘚嘚"的马蹄声，恍如身临其境。

### ◆ 诗词拾趣 ◆

**请根据下面提供的字，写出两句诗。**

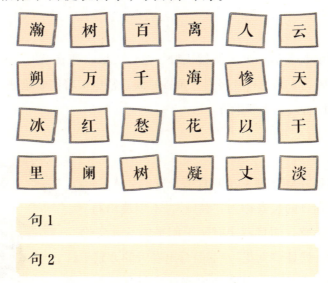

| 瀚 | 树 | 百 | 离 | 人 | 云 |
| 朔 | 万 | 千 | 海 | 惨 | 天 |
| 冰 | 红 | 愁 | 花 | 以 | 干 |
| 里 | 阑 | 树 | 凝 | 丈 | 淡 |

句1

句2

# 贾生①

[唐] 李商隐

宣室②求贤访逐臣③，贾生才调更无伦。
可怜夜半虚前席④，不问苍生⑤问鬼神。

## 注释

①贾生：西汉著名政论家、文学家贾谊。贾谊是能臣，很有才华，一生力主改革，提出了许多有利于民生社稷的主张，但不被重视，还因为谗言被贬谪出京，郁郁不得志。②宣室：古代宫殿名，指汉代未央宫前殿的正室。③逐臣：被放逐的大臣，这里指贾谊。④前席：此处指的是汉文帝在座席上向前移动，靠近贾谊，以便更好地倾听。后来经过引申，"前席"被用来形容听对方说话听得入迷。⑤苍生：代指百姓。

## 译文

汉文帝访求贤良，在宫殿正室召见贾谊；贾谊的才华无与伦比。可惜文帝问到深夜，为更好倾听双膝靠近贾谊，问的却不是与百姓相关的事，而是鬼神之事。

## 赏析

这是一首政治讽刺诗，借古讽今，颇见精妙。

诗的前三句，全是在正面褒扬汉文帝，"求""访""夜半""前席"一连串的字词，将一位求贤若渴、虚心垂询、耐心倾听的帝王形象描绘得入木三分；"才调更无伦"更表现出了文帝对贾谊的真心赞叹和推崇。然而，第四句诗意却横空转折，"不问……问……"的连缀句式，在转折的同时，也将诗人胸中强烈的不平、愤慨、叹息、讽刺之意淋漓地表现了出来。帝王如此虚心求贤，问的竟不是治国安民的策略，而是鬼神之事，多么可悲。汉文帝是明君，尚且如此，那唐皇呢？更是昏庸。诗人表面上是在讽刺文帝，实则是在讽刺晚唐当权者；表面上是在为贾谊可惜，实则也是在为自己的怀才不遇可惜，怜人亦是怜己，含蓄婉转，更见情真。

下面诗句中，哪一句不是描写贾谊的?

☐ A. 贾生才调世无伦，哭泣情怀吊屈文。

☐ B. 三顾频烦天下计，两朝开济老臣心。

☐ C. 三年谪宦此栖迟，万古惟留楚客悲。

☐ D. 雄英无计倾圣主，高节终竟受疑猜。

# 蝶恋花·伫倚危楼①风细细

[宋] 柳永

伫倚危楼风细细，望极春愁，黯黯生天际。草色烟光②残照③里，无言谁会④凭阑⑤意。

拟把疏狂⑥图一醉，对酒当歌，强乐还无味。衣带渐宽⑦终不悔，为伊消得人憔悴。

### 🌸 注释

①危楼，高楼。②烟光：烟雾缥缈的景色。③残照：夕阳。④会：理解。⑤凭阑：在古诗词中一般是指伤怀思念。阑，栏杆。⑥疏狂：狂放不羁。⑦衣带渐宽：指诗人因为思念而变得消瘦。

## 译文

我久久地倚靠高楼的栏杆，微风拂面。极目远望，望不尽春愁。愁绪从遥远的天际升起。夕阳的余晖中，碧草稠密如烟，云霭缥缈不定。默默不语，谁懂我凭栏时的所思所念？

打算豪放一回，把自己灌醉。举杯对酒，理应高歌，强颜欢笑却觉得索然无味。日渐消瘦却无怨无悔，宁愿为她容颜憔悴。

## 赏析

上阕开头写春景，进而引发春愁。春天的黄昏，诗人在微风中独倚着栏杆，思念着远方的恋人。"草色烟光残照里"，七个字一共用了三个意象，共同构筑出一幅凄美朦胧的画面。"无言谁会凭阑意"一句承上启下，由景生情，点出词的主题是要写"凭阑意"。

下阕写的是词人对恋人的执着和热爱。"拟把疏狂图一醉"是词人试图要找到一条消愁的途径，途径是什么呢？只能是图一醉了。"衣带渐宽终不悔，为伊消得人憔悴"两句深情婉转，是千古传诵的名句，也是本词的点睛之笔。

## 示儿

［宋］陆游

死去元知①万事空，但②悲不见九州同。
王师北定③中原日，家祭④无忘⑤告乃翁⑥。

## 注释

①元知：原本知道。元，同"原"，意为原本、原来；知，知晓，知道。②但：只是。③北定：王师北上平定中原。北，向北；定，平定。④家祭：家中举行祭祀活动，哀悼先人。⑤无忘：不要忘记。⑥乃翁：你们的父亲。

## 译文

原就知道人死了万事成空，只是悲伤看不到国家统一。待到王师北上平定中原，举行家祭时，不要忘了告诉你们的父亲。

## 赏析

这是陆游八十五岁一病不起时写的绝笔诗，也是他最脍炙人口的诗作之一。全诗语言朴素，情感真挚，洋溢着浓浓的爱国之情。

首句起笔空淡、自见大气，"元""空"写尽了诗人看淡生死的旷达。人死了，万事成空，什么都看淡了，了无牵挂。然而，真的没有牵挂吗？次句，诗人以"但"字反承前句，"悲"字尽诉深情，两相连缀，将诗人"不见九州同"的遗憾与悲怆描绘得入木三分。陆游是著名的爱国诗人，一生力主抗金，但临终前抗金大业未就，他深感悲痛。

第三、四句，诗人笔锋陡然由悲转振，以虚写虚，遥相期盼，盼着家祭时能从儿子口中听到中原被收复的消息。短短两句，既写出了诗人看不到国家统一的无穷遗恨，又道出了诗人坚信国家能统一的极大信心。言简意赅，浑然天成，个中深情，值得我们细细揣摩体味。

# 石灰吟①

[明] 于谦

千锤万凿②出深山，烈火焚烧若等闲③。
粉骨碎身浑不怕，要留清白④在人间⑤。

## 注释

①吟：歌颂，一种古代诗歌体裁。②千锤万凿：若干次被敲击，形容开采石灰的过程非常艰辛。千、万，泛指，形容非常多；锤，击打；凿，开采。③若等闲：似乎非常普通的事情。若，似乎、好像；等闲，寻常、平常。④清白：指石灰本身洁白的颜色，又用来比喻高尚的品德。⑤人间：人世间。

## 译文

石灰石只有经过千万次的锤击开凿才能从深山中开采出来，被烈火焚烧好像是很平常的事情。即使粉骨碎身也无所畏惧，要把洁白的本色留在人间。

## 赏析

《石灰吟》与其说是在写石灰，倒不如说是于谦的托物明志。

诗的第一句，开门见山，点明要咏颂的是石灰石，照应题目，同时，也以"千""万"夸张泛指，表明了石灰石开采的不易。第二句"烈火焚烧若等闲"，便是很明显的言志了，石灰石熔炼时需烈火焚身却凛然不惧，视若等闲，而自古多少仁人志士，在面对重重艰险时，同样从容不迫，镇定悠闲。现在，国家危亡，瓦剌犯边，诗人也愿率军击退瓦剌。第三、四句，诗人进一步抒情明志，国难当头，纵便粉骨碎身，亦全无畏惧，只希望以正立身，无论生前身后，都不染污浊，洁白无瑕。一句"浑不怕"，不知令多少英雄叹惋，一声"清白"，又何尝不让人动容。

# 画鸡

[明] 唐寅

头上红冠不用裁<sup>①</sup>，满身雪白走将来。
平生<sup>②</sup>不敢轻<sup>③</sup>言语<sup>④</sup>，一<sup>⑤</sup>叫千门万户<sup>⑥</sup>开。

### 注释

①裁：裁剪。②平生：平常，平时，平素。③轻：随意，随便，轻易。④言语：原指说话，此处指雄鸡啼鸣。⑤一：一旦。⑥千门万户：形容门户众多、人家多。

### 译文

头上鲜红的冠子无须剪裁，一身雪白的羽毛阔步走来。平时不敢轻易啼鸣，一旦啼鸣，千家万户都会把门打开。

## ❀ 赏析

这是一首题画诗，也是一首托物言志诗。全诗意象鲜明，语言质朴有趣，很有风味。诗前两句状物，生动地勾勒出了一只红冠白羽的雄鸡形象。"红""白"色彩对比强烈，"走将来"看似用语平淡，却将雄鸡昂扬迈步的骄傲姿态描绘得惟妙惟肖。第三、四句，顺势转承，对雄鸡报晓的心理做了描摹。"不敢"与"一叫"连缀，既写出了雄鸡的谨慎，又反衬了雄鸡报晓的影响力，用词十分贴切。

## 诗词拾趣

**请根据下面提供的字，写出两句诗。**

| | | | | | |
|---|---|---|---|---|---|
| 花 | 南 | 北 | 笔 | 采 | 红 |
| 无 | 马 | 豆 | 东 | 师 | 逢 |
| 定 | 中 | 王 | 上 | 原 | 下 |
| 相 | 纸 | 国 | 日 | 菊 | 西 |

句1

句2

家

## 十五从军征

汉乐府

十五从军征，八十始得归。

道逢乡里人："家中有阿①谁？"

"遥看是君家，松柏冢②累累③。"

兔从狗窦④入，雉⑤从梁上飞。

中庭⑥生旅谷⑦，井上生旅葵⑧。

舂⑨谷持作饭，采葵持作羹⑩。

羹饭一时熟，不知饴⑪阿谁。

出门东向看，泪落沾我衣。

### 注释

①阿：前缀，用在某些称谓或疑问代词等前面。②冢：坟墓。
③累（lěi）累：众多的样子。④狗窦：狗出入的墙洞。⑤雉（zhì）：
野鸡。⑥中庭：房屋前的院子。⑦旅谷：野生的谷子。⑧旅葵：

野生的葵菜。⑨舂（chōng）：指把东西放在器具里捣去外壳或捣碎。⑩羹（gēng）：指用蔬菜煮的羹。⑪饴（yí）：同"贻"，赠送。

## ⊛ 译文

十五岁随军出征，八十岁才得以归家。路上碰到同乡，询问："我家还有谁在?""远远望去，那处长满松柏、坟冢相连的地方就是你家。"来到家门前，看到野兔从狗洞中进出，野鸡在房梁上乱飞。屋前的院落中长满了野生的谷子，野生的葵菜环绕着井台。捣碎谷壳来做饭，摘下葵叶来做汤，汤饭一会儿就做好了，却不知道要送给谁吃。走出家门，向东望去，泪水滂沱，沾湿了我的衣裳。

## ⊛ 赏析

这首叙事诗描述了一个年迈老兵回家途中和回到家乡后的情景，并通过他的遭遇揭示了战争和兵役制度带给劳动人民的苦难。

我们仿佛看到一位白发苍苍、步履蹒跚的老兵，历经多年的千辛万苦，终于服完兵役回到家乡。在路上遇到家乡的人，老兵也没抱太多希望地问了一句：家中还有谁在吗？而乡人的回答事实上也没出乎他的意料，"遥望是君家，松柏冢累累"。尽管早就预想到这一结果，但真正得到确认，老兵的心情之复杂可想而知。他继续一步一步缓慢地向记忆中的家走去，然后便看见了满院的荒芜杂乱，而父母和亲人早已化为尘土。几十年来维持老兵死里求生的信念在这一刻轰然崩塌，他站在门前向东望去，两行浊泪难以抑制地流了下来……

全诗一直用白描的手法叙事，直到诗的最后两句才正面描写老兵的情感，将老兵这个底层小人物的心酸和悲痛推到了高潮。

# 独不见①

### [唐] 沈佺期

卢家少妇②郁金堂③，海燕④双栖玳瑁⑤梁。
九月寒砧⑥催木叶⑦，十年征戍⑧忆辽阳⑨。
白狼河⑩北音书断，丹凤城⑪南秋夜长。
谁谓⑫含愁独不见，更教明月照流黄⑬。

## ❀ 注释

①独不见：乐府旧题，内容多写不相见之苦。②卢家少妇：即莫愁，指征人之妻。③郁金堂：以郁金香草和泥涂抹的房屋。梁武帝萧衍《河中之水歌》："河中之水向东流，洛阳女儿名莫愁。……十五嫁为卢家妇，十六生儿字阿侯。卢家兰室桂为梁，中有郁金苏合香。"④海燕：燕子的别称。古人认为燕子生于南方，渡海而至，故称"海燕"。⑤玳瑁（dài mào）：动物名，似龟，背甲美观可做装饰品。此处指以玳瑁为饰的屋梁。⑥砧（zhēn）：捣衣石，古代捣衣多在秋晚，这是制寒衣前的一道工序。⑦催木叶：指砧声至秋起，树叶也随秋而落。⑧戍：驻守。⑨辽阳：在今辽宁境内，古时为边防要地。⑩白狼河：今辽宁境内的大凌河。⑪丹凤城：指长安。长安大明宫正南门为丹凤门。⑫谁谓：谁使，也可解为"为谁"。⑬流黄：黄褐色，此指黄褐色丝织物。

## ❀ 译文

卢家年轻的主妇居住在盈溢着郁金香气的闺房中，海燕成双成对地栖息在用玳瑁装饰的华美屋梁上。九月初秋，寒砧声声，落叶萧萧，十年来一直在辽阳戍守的丈夫让人牵念。白狼河北边音讯全被阻断，长安城南，少妇感到秋夜特别漫长。谁能够看见她的惆怅忧伤？思念满怀却难以相见，还让那皎皎的秋月轻照着黄褐色的帷帐。

## 赏析

诗人以委婉缠绵的笔调，描述女主人公在寒砧声声、落叶萧萧的秋夜思念丈夫，辗转难眠的愁苦境况。该诗笔调婉转，抒情缠绵，是沈佺期早期七律的代表作品。

诗人以莫愁作为闺中少妇的代称，然后着重描写了闺房的装饰，室内飘荡着淡淡的郁金香味，就连屋梁也是用玳瑁装饰的，这是何等芬芳，何其华丽。在这样的香闺之中，除了少妇，还有在梁上双栖的海燕，诗人暗用比兴手法，以双宿双栖的海燕来映衬少妇的孤独寂寞。闺中寂寞，正是因为丈夫征戍辽阳，一去十年，这种相思可以说是深苦的。前六句是诗人充满同情的描述，而结尾两句则转化为主人公愁苦至极的独白。构思新颖，意境开阔，烘托了抒情的艺术效果。

# 江畔独步寻花（其六）

[唐] 杜甫

黄四娘①家花满蹊②，千朵万朵压枝低③。
留连戏蝶时时舞，自在娇④莺恰恰⑤啼。

## ❀ 注释

①黄四娘：杜甫住成都草堂时的邻居。②蹊（xī）：小路。③压枝低：把枝条都压得很低。④娇：形容非常可爱。⑤恰恰：拟声词，形容鸟叫得非常动听，像唱歌一样。一说"恰恰"为唐时方言，犹恰好。

## ❀ 译文

黄四娘家的小路边上繁花盛放，千千万万的花朵压弯了枝头，让花枝低垂。蝴蝶在花丛中嬉戏，翩翩飞舞，不愿离去；自在悠闲的黄莺叫声清越动听。

## ❀ 赏析

《江畔独步寻花》是一组诗，一共七首，是诗人得友人资助，定居浣花溪畔后寻花所作，此诗为第六首，讲述了诗人于邻家赏花的所见、所闻、所感。

首句"黄四娘家花满蹊"，浅语轻歌，简明地点出了"寻花"之地，"黄四娘"是人名，"蹊"指明繁花盛放的地点，"满"则以洗练的笔墨写出了花的繁多茂密，为下一句做铺垫。次句"千朵万朵压枝低"，生动地描绘出了花的姿容形态。此句"压""低"二字用得非常准确，通过这两个字，读者极易想象出繁花沉甸、压坠枝头的生动场面。第三句，诗人不再正面写花，而是以"时时舞"的"蝶"侧面衬托花的美丽芬芳。诗人径自流连，一声悦耳的莺啼却在耳畔响起，将诗人从沉醉中唤醒。全诗句意婉转，一气浑然，颇见大家气度。

# 左迁①至蓝关②示侄孙湘③

[唐] 韩愈

一封朝奏④九重天⑤，夕贬潮州⑥路八千⑦。
欲为圣明⑧除弊事，肯将衰朽⑨惜残年！
云横秦岭家何在？雪拥蓝关马不前。
知汝远来应有意，好收吾骨瘴江边⑩。

## 注释

①左迁：降职、贬官。元和十四年（819），唐宪宗大肆铺张、迎佛骨入宫，已经五十二岁的刑部侍郎韩愈觉得不妥，上书劝谏宪宗，宪宗大怒，将韩愈贬谪为潮州刺史。②蓝关：指蓝田关，在今陕西蓝田县东南。③湘：指韩愈侄孙韩湘，他是韩愈侄子韩老成的儿子。④朝（zhāo）奏：清晨递送的奏章。⑤九重天：古人认为天有九重，九重天为最高，此处代指帝王。⑥潮州：地名，在今广东境内。⑦路八千：形容路途漫长遥远。八千，泛指。⑧圣明：圣贤明君。此处代指帝王。⑨衰朽：衰老多病。⑩瘴（zhàng）江边：弥漫着瘴气的岭南。瘴，瘴气。

## 译文

　　清晨递了一封奏章给皇上，傍晚就被贬谪到了遥远的潮州。想要为皇上除去有害的事，哪会因衰老多病而吝惜残余的生命呢？回首望长安，只看到浮云阻断的秦岭，家在什么地方？蓝田关前，大雪阻路，马儿踟蹰不前。知道你远道而来应该是别有心意，正好在瘴气弥漫的岭南帮我将尸骨收敛。

## 赏析

　　这首诗是韩愈的代表作之一，写在诗人被贬潮州的路上。

　　诗的首联开门见山，点明被贬的原因、地点。"朝奏""夕贬"对比强烈，既写出了事态的急剧变化，也含蓄地表达了因忠直而被贬的愤懑不平。"路八千"以虚写实，表明潮州的遥远与荒僻。颔联，顺承首联，用"欲为""肯将"进一步表达了诗人的忠直刚正与不悔。颈联，即景抒情，慷慨悲壮。"横"状"云"的广度，"拥"写"雪"的高度，大气磅礴。"家何在"的探问，表现了诗人思乡忧国的情感。"雪拥蓝关"一语双关，既点出天气严寒，又说明政治环境的恶劣。"马不前"托物言志，写出了英雄失路的悲凉。尾联照应"惜残年"一句，沉郁顿挫，言辞凄怆，字里行间更见悲壮愤懑。

# 观刈麦①

[唐] 白居易

田**家**少闲月，五月人倍忙。

夜来南风起，小麦覆陇黄。

妇姑荷箪食②，童稚携壶浆③，

相随饷田④去，丁壮在南冈。

足蒸暑土气，背灼炎天光。

力尽不知热，但惜夏日长。

复有贫妇人，抱子在其旁。

右手秉⑤遗穗，左臂悬敝筐。

听其相顾言，闻者为悲伤。

家田输税⑥尽，拾此充饥肠。

今我何功德？曾不事农桑。

吏禄三百石⑦，岁晏⑧有余粮。

念此私自愧，尽日不能忘。

## 注释

①刈（yì）麦：收割小麦。②荷箪（hè dān）食：扛着用竹篮盛的饭。荷，肩负，扛。③浆：古时候的一种酸味汤食，或指米酒。④饷（xiǎng）田：为在地里劳作的人送饭。⑤秉：拿着。⑥输税：向官府缴纳租税。⑦石（dàn）：古时容量单位，一石为十斗。⑧岁晏：年底，一年快要结束的时候。晏，晚。

## ❀ 译文

　　农家很少有空闲的时候，五月到来人们更是繁忙。夜里刮起了南风，覆盖田垄的小麦已经泛黄。妇女们担着装在竹篮里的饭食，小孩子提着装汤水的壶。他们一起到田里去送饭，青壮男子都在南冈收麦子。他们踩在地上的双脚被暑气熏蒸，脊背被灼热的阳光炙烤。筋疲力尽，仿佛不知道炎热，只盼着夏日的白昼能更长一些。又看到一个贫苦的妇人，抱着孩子站在旁边。右手拿着捡拾的麦穗，左臂挎着一个破旧的篮子。听到她和别人说的话，我感到非常悲伤。家里的田产收获，为了缴纳租税，已经卖光了。只好拾些麦穗回去充饥。现在的我有什么功劳？竟从没做过农活。一年的俸禄有三百石米，到了年底还有余粮。想到这些我心中惭愧不已，终日思虑，无法忘怀。

## ❀ 赏析

　　这是白居易的一首叙事之作，写于任职盩厔（今陕西周至县）县尉期间。

　　这首诗所展现的是一幅非常凄苦的农村画卷：夏日太阳炎热，田间的青壮年农民头顶烈日，拼命抢收着田里成熟的小麦。妇人担着竹筐来送饭，连小孩子也帮忙送汤水。可就算这样辛苦，还是有吃不饱饭的人。一个妇人怀里抱着孩子，还要去捡拾麦穗。造成这种现实的原因是什么呢？那就是缴纳国家赋税。为了缴税，农民已经到了无粮果腹的境地。此情此景直击人的心灵，让人心酸愤慨。

　　不过，诗的后篇非常委婉，只是笔锋略转便指到诗人自己身上来：不劳动，不下田，却有吃有穿有薪俸。诗人一边说着自己的惭愧，一边暗指政策之不公，从而将其内心之怜悯，对民之所系深情表达了出来。

## 诗词拾趣

从下面的词组中各选一个字，组成两句诗。

- 草船借箭　独树一帜　知人善任　春暖花开
  刻不容缓　天长地久　叶落归根

- 一了百了　百般刁难　花红柳绿　紫气东来
  争奇斗艳　孤芳自赏　浣衣菲食

句1

句2

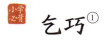

# 乞巧①

[唐] 林杰

七夕今宵看碧霄②，牵牛织女渡河桥。
家家乞巧望秋月，穿尽红丝几万条③。

**注释**

①乞巧：指农历七月初七这一天，又叫作"七夕"。②碧霄：

指广阔无垠的青天。③几万条：比喻非常多。

## 译文

　　七夕之夜，人们纷纷遥望浩瀚的青天，牵牛星与织女星仿佛已渡过银河在鹊桥上相会。家家户户都在一边赏月，一边穿针乞巧，穿过的红线已有几万条。

## 赏析

　　开头两句诗，直接以简约浅淡的笔墨，写了乞巧的盛况。家家户户，无数男女在这样一个与众不同的夜晚全都举头遥望那浩瀚无垠的碧空，因为那碧空之上，有牛郎，有织女，有迢迢银河，有属于牵牛与织女的缠绵爱意。这是一段美好的爱情传说。而今宵，这份美好亦不知牵动了多少人的心绪，唤醒了多少美丽的想象。

　　想象总是瑰丽的、梦幻的，而现实是秋月盈盈中，月下的女子都在对月穿针，穿过红丝无数。她们是要乞求什么呢？或许是一双巧手，又或许是其他。"几万条"简明地点出了乞巧人数之盛，"乞巧望秋月"又给出了一定的留白。因为不曾具体地对"乞巧"之愿进行述说，反而更营造了一种千变万化、意犹未尽的氛围。全诗构思之巧，下笔之妙，可见一斑。

# 阮郎归·南园春半踏青①时

[宋] 欧阳修

南园春半踏青时，风和闻马嘶。青梅如豆柳如眉，
日长②蝴蝶飞。

花露重，草烟③低，人家帘幕垂。秋千慵困解罗衣④，
画堂⑤双燕归。

## 注释

①踏青：春天出去旅游。唐宋时期踏青的时间每个地方不同，有正月初八的，也有二月二日或三月三日的。后来大多把清明节出去旅游称为"踏青"。②日长：春分过后，白天的时间就变长了，这里也指整个白天。③草烟：形容春草浓密。④罗衣：香罗衫。⑤画堂：用彩画装饰的堂屋。

## 译文

春季过半，到南郊的园林踏青游玩，春风和暖，能听到马儿的嘶鸣。青青的梅子，仿若豆粒；弯弯的柳叶，仿若蛾眉。春日渐长，有蝴蝶翩翩飞舞。

花上露水晶莹欲滴，青草稠密如烟，这户人家帘幕低垂。荡完秋千，慵懒困倦，轻解罗裳，昏昏欲睡。画堂里，那双燕子已经归来。

## 赏析

全词寓情于景，景以情结。上阕着意描绘了思妇在南园踏青时的

所见与所闻，一草一木、一情一景，看似普通，含义却颇为隽永。春日美景诱人，与人结伴游春自是一件美好的事情。然而现在春光正好，人却不在。由是，仲春之景愈是烂漫，便衬得思妇的身影愈加哀凉，孤独、悲戚之情也愈加浓重。

上阕无一字写情，但却处处含情。下阕亦有同工之妙。思妇羁留园中已久，暮色渐深，繁花之上有露珠轻垂，俨然如泪。隔壁人家帘幕早遮，无人相陪，倒不如解衣入睡，或许还能在梦中与久不归来的远人相见。然而无意间一抬头，却又望见了画堂之上双双归来的燕儿。词到此而绝，但余音却未绝，画堂双燕之见，更添离愁别恨，那般形影相依，恐更令思妇怨女肝肠寸断。

## 诗词拾趣

在下面的空白处填上表示颜色的字词。

1. 聚散苦匆匆，此恨无穷，今年花胜去年 ▢ 。

2. 泪眼问花花不语，乱 ▢ 飞过秋千去。

3. 月上柳梢头，人约 ▢ 昏后。

4. 百啭千声随意移，山花 ▢ ▢ 树高低。

# 浣溪沙·簌簌<sup>①</sup>衣巾落枣花

## ［宋］苏轼

簌簌衣巾落枣花，村南村北响缲车<sup>②</sup>，牛衣<sup>③</sup>古柳卖黄瓜。

酒困路长惟欲睡，日高人渴漫<sup>④</sup>思茶，敲门试问野人家。

### 注释

①簌簌：形容纷纷落下的样子。②缲（sāo）车：纺车。一作"缫车"。③牛衣：蓑衣、麻衣。此处喻指卖黄瓜者衣衫褴褛。④漫：随意。

### 译文

枣花纷纷落在行人的衣襟上，村南村北响起纺车缫丝的声音，老柳树下，衣衫褴褛的农夫正在售卖黄瓜。

酒喝多了，神志不清，路途遥远，只想睡去；日头很高，人倦口渴，不由地想找点茶水喝。于是，敲开农夫家的大门，询问能否给碗茶水喝。

### 赏析

这是一首纪事词，是时任徐州太守的苏轼祈雨归来，途经乡野时所作。

词的上阕写景，用生动的笔墨，勾勒出了一幅初夏时节的乡野图景。"簌簌""响缫车""卖黄瓜"绘声，"枣花""古柳"状物，"牛衣"写人。短短三句，形象地描绘出了农村淳朴自然的风貌。下阕由景及人，记述了词人祈雨归来时的所想、所为、所感。"酒困""日高""人渴"为"思茶"做了铺垫，因为"思茶"才会"敲门试问"，动作连贯，层层递进，自然流畅。词人是高官、太守，口渴了，没有命令差役去索水，而是亲自敲门去找老乡询问，想来词人是极谦逊爱民的。"试问"的结果是什么？词人没写过后种种，全凭读者想象，由此，万种千般，更见余味。

# 清平乐·采芳人<sup>①</sup>杳<sup>②</sup>

[宋] 张炎

采芳人杳，顿觉游情少。客里看春多草草<sup>③</sup>，总被诗愁分了。

去年燕子天涯，今年燕子谁家<sup>④</sup>？三月休听夜雨，如今不是催花。

## 注释

①采芳人：指春游时采花的女子。②杳（yǎo）：没有踪迹。③草草：匆忙、草率。④谁家：什么地方。

## 译文

采花的姑娘杳无踪迹，我顿时觉得游玩的兴致都没有了。客居异乡的人赏春时都极匆忙，总是分心赋诗，述说愁苦。

去年在此筑巢的燕子已飞向天边，今年燕子会在何处安家？暮春三月不要去倾听夜雨的声音，现在这个时节，雨水不催花儿盛开，只见遍地落花。

## 赏析

这首词原为踏春郊游之作，却句句彰显悲怀。词中第一句便说"采芳人杳，顿觉游情少"，试想一下，在明媚的春光里，草绿花红本是美好的景致，但词人却因为人少而变得愁眉不展，可见有些强赋愁情了。

不过，之所以如此，与词人的遭遇也有关系，他的家乡临安被元兵攻占，世代久居的家园、相依为命的亲人全都受到残害，自己只能逃亡于异乡。虽然此事已过去多年，但国破家亡的惨状依旧在他心里挥之不去，笔端心头自然就会生出家国萧条、身心漂泊的愁绪。词人以燕子自喻，京城的春天虽然已经来到，但这里的美好却并不属于自己，因为自己只是一个过客，明年又不知道将流落于何处。这种无家可居、无处可依的悲情之中更渗透出国家衰败的惨淡，也成就了张炎字字戳心、句句刺骨的悲情诗意。

下面张炎的诗词中,抒发了相思之情的是哪项?

☐ A.问蓬莱何处,风月依然,万里江清。

☐ B.钿车骄马锦相连,香尘逐管弦。

☐ C.劳劳燕子人千里,落落梨花雨一枝。

☐ D.接叶巢莺,平波卷絮,断桥斜日归船。

## 天净沙①·秋思②

[元] 马致远

枯藤老树昏鸦③,小桥流水人家,古道④西风瘦马⑤。夕阳西下,断肠人⑥在天涯⑦。

### ☀ 注释

①天净沙:曲牌名。②秋思:曲题。③昏鸦:黄昏时将要归巢的乌鸦。④古道:早已废弃的或年代久远的驿道。⑤瘦马:骨瘦如柴的马。⑥断肠人:指伤心到极点的人,这里指在他乡漂泊的悲伤的游子。⑦天涯:远离故乡的地方。

## 译 文

　　黄昏时分，一群乌鸦站在枯藤缠绕的苍老的古树上将要归巢；小桥下，流水潺潺，环绕着农家；秋风萧瑟，古老的驿道上，瘦骨嶙峋的马儿踽踽独行。夕阳西下，悲伤的游子远在天涯。

## 赏 析

　　首句"枯藤老树昏鸦"为近景，虽语言浅白，但营造出了一种冷寂孤清的黯淡氛围。次句"小桥流水人家"却笔锋转折，由萧飒转为温馨，写了远处绿水绕篱、小桥玲珑、安静祥和的"人家"。一前一后，一冷一暖，一哀一乐，两种图景遥相映衬，平添了几分萧瑟。第三句"古道西风瘦马"，作者的视角再次放远，写了更远一些的"古道""西风""瘦马"，这些原本极平常的意象，由作者妙笔重组之后，给人的感觉却是格外肃杀。第四句"夕阳西下"，既是在点明时间，暗合首句的"昏鸦"，亦是在衬托苍凉，为这深秋黄昏的孤独行旅图加上凄美苍莽的大背景。而随着作者视野的步步拓开，那含蕴在景中的悲伤惆怅亦随之步步加深，以至悲到深处，大恸难耐，情不自禁之下，作者不由发出了"断肠人在天涯"的深沉浩叹。

# 画中诗，诗里画

　　诗中有画，画里藏诗。考眼力的时候到了，你能根据提示的关键字，写出藏在图画里面的三联古诗词吗？

篙

尖

云

## 从军行（其四）

[唐] 王昌龄

青海<sup>①</sup>长云暗雪山，
孤城遥望玉门关<sup>②</sup>。
黄沙百战穿金甲，
不破楼兰<sup>③</sup>终不还。

**注释**

①青海：今青海境内青海湖。唐朝将领哥舒翰曾置神威军戍守于此。②玉门关：古关名，故址在今甘肃敦煌西北。③楼兰：西域古国名，这里泛指西域各部族政权。

**译文**

青海湖上浓云密布，被遮蔽的雪山一片黯淡。边塞古城，玉门雄关，相隔千里，遥遥相望。穿着铠甲，无数次鏖战沙场，不斩破楼兰、打败入侵的敌军，誓不回家。

### 赏析

该诗开篇两句都是远景，气魄浑厚高远，意境苍茫辽阔。青海湖与玉门关相隔数千里，诗人却将两者放在同一幅图景之中，或许我们可以将其想象成诗中主人公是跟随着将领远征，跨越了青海湖，一路向西，逼近玉门关。这样一来，这两句不仅仅有空间的阔大，更有时间的跨度，大大扩展了诗的时空内涵。

"黄沙百战穿金甲"一句将目光从景收回到人身上。黄沙射目，短刃相接，利剑穿骨。将士身经百战，兵刃与沙砾磨穿了金甲。最后，诗人借诗中征夫之口喊出铮铮誓言，掷地有声，将全诗的感情提升到了最高点。

## 诗词拾趣

从给出的字中选择一部分，组成两句诗。

| | | | | | |
|---|---|---|---|---|---|
| 秦 | 江 | 万 | 日 | 长 | 还 |
| 寒 | 征 | 夜 | 汉 | 客 | 明 |
| 关 | 吴 | 时 | 宋 | 山 | 河 |
| 未 | 月 | 平 | 人 | 时 | 里 |

句1

句2

# 终南山

[唐] 王维

太乙①近天都②，连山接海隅。

白云回望合③，青霭④入看⑤无。

分野⑥中峰⑦变，阴晴众壑⑧殊⑨。

欲投人处⑩宿，隔水问樵夫。

### ❀ 注释

①太乙：终南山主峰，这里指代终南山。②天都：相传为天帝住处，此指唐都城长安。③回望合：回望山顶，白云聚合，笼罩在终南山上。④霭（ǎi）：雾气。⑤入看：近看之意。⑥分野：我国古代天文学家把天上的星宿和地上的区域对应起来，地上的某一区域都划定在星空的某一范围之内，称为分野。⑦中峰：指主峰太乙峰。⑧壑（hè）：山谷。⑨殊：不同。⑩人处：有人家的地方。

### ❀ 译文

终南山临近长安城，山峦连绵与海相接。回首望去，缭绕的白云合拢丛聚；进入山中，却看不到山岚雾霭。终南山占地广，主峰两侧的分野都变了，众山谷中有阴有晴，天气迥然不同。想要在山中找户人家借宿，于是隔着水涧询问樵夫。

### 赏析

　　言不能尽意，象不可尽言，诗文贵在以言表象，以象表意，意余于象，象余于言。王维此诗作颇得此中奥秘，短短四十字，容纳终南千岩万壑，非王维，难有此终南山之传神写照。诗人笔法夸张，首联大胆地勾勒了终南山的总轮廓，长安南望，终南山绵延不绝，在人们的有限视野中，终南山确实会出现连天接海的气势。颔联则是写终南山近景，诗人已置身于终南山深处，登山前行，向山下望去，白云已遮断来时之路。颈联描绘诗人立足中峰，周边景物尽收眼底，千岩万壑，阴藏晴出，或鲜翠，或朦胧，千变万化，各具其形。尾联看似写人，实则写山旷人稀，几似无人之境，映衬终南山之寥廓，与前文恰似对映。总之，此诗意显于象，象显于言，千变万化，跌宕无穷，为王维山水佳作，艺术效果极为鲜明。

## 古朗月行（节选）

[唐] 李白

小时不识月，呼作①白玉盘②。
又疑瑶台③镜，飞在青云端。

### 注释

　　①呼作：称作。②白玉盘：晶莹剔透的白色盘子。③瑶台：传说中王母娘娘居住的地方，后人称为神仙之所。

## 译 文

小的时候不认识月亮，把它叫作白玉盘。又怀疑它身处瑶池仙境，飞悬在夜空青云之上。

## 赏 析

李白素有浪漫诗人之称，他所作之诗多富大气、浪漫、新颖之思，这首《古朗月行》便足以展现诗仙大气恢宏的浪漫情怀。可以这样说，全诗是一场想象的盛宴，所言之景、所工之笔皆被倾注了诗人瑰丽、传奇的幻想，而且因其清新明丽的风格，全诗流淌着一种流畅自如的奔放之美。

诗人从自己小时候开始写起："小时不识月，呼作白玉盘。"这种表达有着李白所少见的可爱之风，后两句中的"呼""疑"逼真地将小儿天真烂漫之态展现出来。这四句诗看似信手拈来，却展现出诗作行云流水般的俊逸风格。

# 望岳

[唐]杜甫

岱宗①夫如何？齐鲁②青未了。
造化钟神秀，阴阳割昏晓。
荡胸生曾③，决眦④入归鸟。
会当⑤凌绝顶，一览众山小。

## 注释

①岱宗：泰山别名"岱山"，因居五岳之首，故尊为"岱宗"。②齐鲁：春秋时期，齐国在泰山之北，鲁国在泰山之南。这里泛指山东一带。③曾：通"层"。④决眦（zì）：形容极力张大眼睛远望，眼眶像要裂开了。眦，眼眶。⑤会当：终要。

## 译文

泰山的风光怎么样？泰山横跨齐鲁大地，青色的山峦连绵不断。泰山聚集了自然所有的神奇秀丽，山峰南北两面，一面明亮一面昏暗，截然不同。层云涌动，令人心胸摇荡；极目远眺，可见飞鸟归巢。一定要登临山巅，俯瞰群山，这时就会觉得群山都变得矮小了。

## 赏析

诗人开门见山，叩问一声"东岳泰山到底如何呢"？不拘一格，颇有气势。"齐鲁青未了"，泰山以北为齐国，以南为鲁国，不管身在齐还是鲁，都能望见泰山青色的身躯，其高大雄伟不言而喻，如在眼前。"造化钟神秀"，天地间造化之力竟有如此情致，把所有的神奇和秀丽都给予了泰山。"阴阳割昏晓"，泰山之高，遮天蔽日，以至山南山北日照不同，如分阴阳。这本是很平常的自然现象，但诗人以一个"割"字，传达出泰山雄踞一方，如有主宰之力，读来不禁有种望而生畏之感。

"荡胸生曾云，决眦入归鸟"，领略了泰山的雄伟壮阔之后，诗人转而从细处来体会它的秀丽。远远望去，只见山中云气升腾，氤氲弥漫，令诗人的心亦为之荡漾。

最后，诗人忽然生发"会当凌绝顶，一览众山小"的念头，这股豪迈之情自心底迸发，直冲云霄。

# 题李凝幽居

[唐] 贾岛

闲居少邻并①，草径入荒园。
鸟宿池边树，僧敲月下门。
过桥分野色，移石动云根②。
暂去还来此，幽期不负言。

### 注释

①邻并：邻居。②云根：古人认为云"触石而出"，故称石为"云根"。

### 译文

安闲地住在这里，很少有邻居往来；杂草丛生的小径通向荒芜的园林。鸟儿在池边的树上栖息，月光下，一位僧人正在敲门。走过小桥，原野的景色变得不一样；云脚飘动，仿佛山石也在移动。暂且离开，还会再回来。约定了共同归隐，定不会食言。

## 赏析

　　这首诗是诗人走访友人李凝不遇，月下观其所住小园后而作的五言律诗。

　　首联"闲居少邻并，草径入荒园"描写了李凝幽居的环境，一个人烟稀少的地方，少有人走动，因此连小路也长满了杂草，小园更是一片荒芜。颔联"鸟宿池边树，僧敲月下门"精妙至极。这两句诗更形象地诠释了幽居之幽，只有万籁俱寂之下，才能有这样的效果吧！这里的"僧"指的应该是诗人自己。贾岛早年曾出家为僧，后来因才华被韩愈赏识，还俗参加科举。颈联"过桥分野色，移石动云根"写的是归途之景，晚风吹拂中，"桥""野色"让人迷醉，山石也仿佛随着白云移动，景色之美，环境之幽，更进一步。尾联"暂去还来此，幽期不负言"更偏向于抒情，表达了诗人此景下生出的不负归隐之心。

## 推敲

　　相传，有一天，贾岛骑着小毛驴在长安城的大街上边走边琢磨诗句。原来他作了一首新诗《题李凝幽居》，诗中有两句"鸟宿池边树，僧推月下门"。贾岛对第二句里的"推"字不太满意，觉得也许用"敲"字更好。他想得太专注了，根本没注意周围的环境，一不小心就占了官道，冲撞了京兆尹的仪仗。好在，当时的京兆尹是韩愈。韩愈为人随和，没怪罪贾岛，还问他在想什么如此入迷。贾岛把原委告诉韩愈，韩愈说："用'敲'比较好。第一，门若是锁住了，推门是推不开的。第二，去拜访别人，敲门更有礼貌。"

　　贾岛听后非常佩服。此后，两人经常一起吟诗。"推敲"的故事也流传了下来，直到现在依然为人津津乐道。

# 天仙子①·水调数声持酒听

### [宋] 张先

　　时为嘉禾小倅②，以病眠，不赴府会。

　　水调数声持酒听，午醉醒来愁未醒。送春春去几时回？临晚镜，伤流景③，往事后期④空记省⑤。

　　沙上并禽⑥池上暝⑦，云破月来花弄影⑧。重重帘幕密遮灯。风不定，人初静，明日落红⑨应满径。

## 注释

①天仙子：原为唐代教坊中的一种舞曲，后被用为词牌。②小倅（cù）：判官。③流景：如水一般的年华，指逝去的光阴。景，日光，喻指光阴。④后期：指日后的约会。后，以后，过后；期，相约。⑤记省（xǐng）：思念和省悟。记，有思念之意；省，省悟。⑥并禽：指一双禽鸟，词中特指鸳鸯。并，双。⑦暝：昏暗，黄昏，这里指暮色笼罩。⑧弄影：指舞弄影子。弄，摆弄，舞弄；影，影子。⑨落红：凋落的花朵。

## 译文

我这时是嘉禾郡的判官，因病午睡，没有到知府参加宴会。

手持酒杯聆听着《水调》歌声，一觉醒来午间的醉意已经消散，愁绪却没有消减。送走了春天，春天什么时候再回来？临近黄昏的时候照镜子，为逝去的光阴感伤，往事种种，之后再回忆也是徒然。

暮色笼罩，鸳鸯在池畔并颈而眠；月光冲破云层照在起舞弄影的花枝上。重重帘幕密密地遮住了灯火，风还没有停，人声已静，明天园中的小径上应该会铺满落花。

## 赏析

《天仙子》是词人伤春忆往之作，词风清丽，素雅恬淡，造句工巧，字字句句皆值得细细品味。

上阕，词人别开生面，未写景，先言情。水调数声，声声萦于耳际，把酒聆听，非但未能解愁，反而又添愁绪。酒后，沉沉睡去，醒来已是午后，愁绪纷繁，不自觉地发出了"送春春去几时回"的慨叹。前后两个"春"字与"临晚镜"中的"晚"相映，形成了鲜明的对照。

下阕，词人笔锋微转，从静态的述说转为动态的描摹，从伤春之情写到了惜春，写到了那暮色中最明媚的春光。特别是"云破月来花弄影"一句，"破""来""弄"三个动词将月下花舞的明媚景色描摹得格外传神，而"花枝弄影""云破月出"恰恰又从侧面点出了风的存在。微风后，春光有一瞬的明媚，可惜风越来越大，词人不得不回屋，重重帘幕遮住明灭的灯火，听着风声，遥想明日落红满径的情景。

# 一剪梅①·红藕香残玉簟②秋

[宋] 李清照

红藕香残玉簟秋。轻解罗裳，独上兰舟③。云中谁寄锦书④来？雁字回时，月满西楼。

花自飘零水自流。一种相思，两处闲愁。此情无计可消除，才下眉头，却上心头。

## 注释

①一剪梅：词牌名，得名于周邦彦词中的"一剪梅花万样娇"。双调六十字。②玉簟（diàn）：像玉一样光洁的竹席。③兰舟：睡眠的床榻。另说是对舟船的美称。④锦书：书信。

## 译文

时至深秋，红荷凋零，幽香散尽，精美的竹席已嫌清凉。轻轻脱下罗裳，独自一人上床榻准备睡了。窗外白云舒卷，谁寄了书信过来？雁群回归时，月光洒满了西楼。

花自顾自地飘零，水自顾自地流淌，同一种相思之情，牵动了身居两处的人的愁绪。这相思的愁苦没有办法排遣，才从眉间消失，就涌上了心头。

### 赏析

"红藕"盛开的季节已经匆匆过去，而今只有那微微残香，室内的"玉簟"也显得有些凉了。"轻解罗裳"说明现在是"已凉天气未寒时"，象征着丈夫外出远游、夫妻分离而产生的一种悲凉。"独上兰舟"，远游的丈夫已经踏上征程，自己现在却独自一人，依依不舍之情在词人的心中久久不能释怀。"云中谁寄锦书来？雁字回时，月满西楼"表达的则是词人对丈夫的思念。

"花自飘零水自流"，下阕一开始既有借景起兴，更有承上赋情。无论从哪个角度看，词人无日无夜、无时无地不在思念丈夫，而丈夫却音信不传，词人心中难免有一些"埋怨"。"一种相思，两处闲愁"，难道词人的丈夫真的那么"薄情"吗？当然不是，无论是独自在家的词人，还是远游在外的丈夫，都在思念着对方。"此情无计可消除，才下眉头，却上心头"，因为彼此之间的情感是如此真挚，这种人分两地、彼此相思的苦闷，自然就很难排遣。

# 观书有感（其一）

[宋] 朱熹

半亩方塘一鉴①开，天光②云影共徘徊。
问渠③那④得清如许⑤？为有源头活水来。

## 注释

①鉴：古代的镜子。另说是指像镜鉴一样可以照人。②天光：日光，天空的光辉。③渠：代词，它，此处指"方塘之水"。④那：通"哪"，怎么会。⑤如许：如此，这样。

## 译文

半亩大的方形池塘仿佛一面打开的镜子，天的光辉、云的影子倒映池中，随水波一起来回波动。要问方塘的水怎么会如此清澈呢？因为源头处有活水不断地注入啊。

## 赏析

这是一首充满理趣的小诗。全诗采用了设问、比喻、象征等多种修辞手法，虽然很短，却含蓄蕴藉、前后呼应、意味深长。

诗的首句"一鉴开"，言简意赅，用比喻的手法含蓄地写出了池塘的清澈，既呼应了第三句的"清如许"，也为第二句"天光云影"做了铺垫。水若不清，是不可能倒映出天光云影的。

第三、四句，诗人顺势设问。以问答的形式阐述了自己的感悟。水如此清澈，是因为一直有源头活水注入。那么人呢？人只有专心致志地读书，不断补充新知识，才能心思澄明，不断成长进步。

整首诗，诗人没有一字写读书的感悟，实际上却字字都是感悟。"方塘""活水"都一语双关，既是实景，也是象征物。"清如许"的"方塘"本身就是某种读书境界与内心感受的象征。

# 临江仙①·探梅

[宋] 辛弃疾

老去惜花心已懒，爱梅犹绕江村。一枝先破玉溪②春。更无花态度，全有雪精神。

剩向③空山餐秀色，为渠④著句清新。竹根⑤流水带溪云。醉中浑不记，归路月黄昏。

## 注释

①临江仙：词牌名，双调小令，原为唐教坊曲，又名《谢新恩》《画屏春》《雁后归》《庭院深深》等。②玉溪：信江。③剩向：尽向。④渠：它，这里指梅花。⑤竹根：竹杖。

## 🌸 译文

人老了，惜花之情已经消减，却仍会因喜欢梅花而走遍江村。清洁如玉的小溪边，一枝梅花绽放报春。没有春花柔媚娇软的态度，完全显示出傲雪凌霜的神韵。

一直对着山中的梅花欣赏它的秀美，为它写下清新的诗句。以竹杖探路而竹杖时时入水。酣然沉醉其中，完全忘记了时间，踏上归路时，已是黄昏月上时分。

## 🌸 赏析

南宋孝宗淳熙八年（1181）冬，时年四十二岁的辛弃疾因遭弹劾而落职，遂归居于上饶带湖庄园，本词便是这一时期的作品。

从写作手法上看，上阕前两句为"起"，表明"年迈"的自己已无心惜花却独有爱梅的心境和态度，同时起到引出下文的铺垫作用。接下来的三句自然而然地承接前言写梅，但词人没有着墨于梅花的外在之美，而是赞美其内在品格，以梅之傲霜耐雪的高洁精神，隐言自己不愿为前程附和他人、随波逐流的"更无花态度"。

词至下阕，词人忽转笔意而写己：如此梅花，终究只剩"空山餐秀色"，恰如"我"只能在空山为它填填词句，且罢，且罢，多思无益，不如一醉解忧，赏景忘愁吧……"醉中浑不记"一句，明写陶醉于"竹根流水带溪云"，而忘了归时，暗写词人寻醉于杯中以消磨时日的无可奈何。

# 潼关

[清]谭嗣同

终古<sup>①</sup>高云簇此城，秋风吹散马蹄声。
河<sup>②</sup>流大野犹<sup>③</sup>嫌束<sup>④</sup>，山入潼关<sup>⑤</sup>不解<sup>⑥</sup>平。

**注 释**

①终古：久远，自古以来。②河：此处指黄河。③犹：还，仍旧。④束：约束、拘束。⑤山入潼关：指秦岭山脉进入潼关（以西）。⑥解：能。

**译 文**

自古以来，这就是一座高云丛聚的古城；猎猎秋风吹散了清脆的马蹄声。奔涌的黄河流过辽阔的原野仍觉得被束缚，秦岭山脉进入潼关以西就再也不平坦了。

**赏 析**

这是谭嗣同十八岁时写的一首小诗，歌咏的是潼关壮美的风景。

诗的第一句，从视觉、静态的角度出发，概写潼关风貌。"终古"点明潼关的历史悠久，"高云簇"既写出了潼关天高云绕的磅礴景象，也间接写出了潼关高峻的地势。第二句，从听觉、动态的角度出发，进一步对潼关做了描摹。"秋"点明时令，"风声""马蹄声"则为整幅画面平添了几分真实、鲜活的意趣。

第三、四句，诗人则裁取两幅最具潼关特色的壮美风景。黄河汤汤，冲出群山，奔流向原野；重峦叠嶂，一山比一山嶙峋险峻。而这山、这河，不仅是山河，还是诗人托寄情感的载体。"犹嫌束""不解平"不只是在说山说河，也是在描绘诗人冲破束缚、奋发向上的昂扬心态。

## "叛逆"少年，维新志士

　　1884 年，春暖花开的时候，时任甘肃布政使的谭继洵府上发生了一件大事，他的儿子谭嗣同离家出走了，出走那年，他十九岁。

　　谭嗣同从小就聪明，是名副其实的"学霸"，父亲谭继洵对他寄予厚望，希望他能够通过科举考试当上大官。可是，谭嗣同却不这么想。他对大清朝廷非常不满，对父亲"忠君"的腐朽思想也嗤之以鼻，所以，他选择了离家出走。

　　离开家后，谭嗣同去了很多地方，见识了许多地方的风土人情，也真实地感受到了百姓生活的困苦，这使他有了通过变法改变现状的想法。

　　十多年后，通过不断的努力，已经不是少年的谭嗣同实现了维新的想法，可惜，他失败了。失败后，他被判处死刑，临刑前，他在狱中写下了"我自横刀向天笑，去留肝胆两昆仑"的诗句，表明志向，最后慷慨就义。

# 七律·长征

毛泽东

红军不怕远征①难，万水千山只等闲②。

五岭③逶迤④腾细浪，乌蒙⑤磅礴走泥丸⑥。

金沙⑦水拍云崖暖，大渡⑧桥横铁索寒。

更喜岷山⑨千里雪，三军过后尽开颜。

## 注释

①远征：长征。②等闲：寻常，诗中意为视作平常。③五岭：即大庾岭、骑田岭、都庞岭、萌渚岭、越城岭，横跨江西、湖南、广东、广西四省。④逶迤（wēi yí）：形容路或河流曲折。⑤乌蒙：即乌蒙山，在贵州、云南两省的交界处。⑥走泥丸：将走过的乌蒙山比作泥丸，意指险峻的乌蒙山在红军战士的脚下，就像是小泥球一样。⑦金沙：金沙江。⑧大渡：大渡河。⑨岷山：山名，位于甘肃省西南、四川省北部。

## 译文

红军不害怕长征的艰辛，跨过千山、越过万水只不过是寻常事。连绵起伏的五岭在红军眼中就仿佛跃动的细浪，磅礴雄伟的乌蒙山在红军眼中也不过是滚动的小泥球。金沙江滔滔的江水拍击着高耸的崖壁，溅起阵阵蒸汽般的水雾。大渡河上索桥横架，凌空的铁索浸着寒意。更让人欢喜的是踏上被千里白雪覆盖的岷山，三路红军翻过山去顺利会师，个个喜笑颜开。

## ❀ 赏析

诗人在开篇径直用"不怕"二字形容红军在长征途中一往无前的勇气，显得气势磅礴——红军不怕远征路途之艰难，尽管有万水千山的阻碍，也只当寻常平地。后面则展开描述，颔联、颈联分别包含着不同的地名——有蜿蜒曲折的五岭，有磅礴连绵的乌蒙山，有金沙江水拍打着峻拔的山崖，有大渡河上泸定桥的铁索闪耀着寒光。我们都知道，长征胜利的道路是用战士们的鲜血层层铺就的。但在诗人眼中，虽然万分艰苦，但革命的热情与乐观始终凝聚在他心中。这长征的路，不是通向黑暗的渊薮，而是通向明日的道路。最后，诗人眼望着岷山，不由得感叹："更喜岷山千里雪，三军过后尽开颜。"最可爱的是岷山千里冰雪，越过了岷山，胜利在望，三军纷纷喜笑颜开。

诗人的这首诗有着他独有的乐观与豪迈之气，从"不怕远征难"总起全篇，串联起红军走过的山水，从始至终，都充满着无限的希望。

# 式微<sup>①</sup>

《诗经·邶风》

式微式微，胡不归？微君<sup>②</sup>之故，胡为乎<sup>③</sup>中露？
式微式微，胡不归？微君之躬，胡为乎泥中？

### 注释

①式：发语助词，没有实际含义。微：减弱、衰弱，此处指日光渐渐暗淡。②微君：如果不是你们。微，（如果）不是；君，这里指贵族统治者。③胡为乎：为什么。胡，什么。

### 译文

天要黑了，天要黑了，为什么不回家？如果不是为了养活你们，我为什么会在露水中劳作？

天要黑了，天要黑了，为什么不回家？如果不是为了养活你们，我为什么会在泥浆中劳作？

### ❀ 赏 析

　　此诗分上下两章，每章都以"式微"起调，重复回环，加剧了语气，也让全诗看上去更整齐。"式微"的"微"表示衰弱、减弱，强调的是日光渐渐暗淡的变化过程，指的是天将黑未黑的时候。用"微"，而不是用"暗""黑""昏"来表示时间，实际上是在强调等待的过程，为后文"胡不归"的询问做情感上的铺垫。

　　天都要黑了，为什么还不回家？因为在劳作啊。此处，诗人虽然在问，却不需要回答。或者说后面类似控诉的另一句疑问就是答案。"微君"与"胡不归"的连缀，以问作答，情感强烈，字里行间都流露着服役者对君主、对劳役的深深抱怨。

# 短歌行

[东汉] 曹操

对酒当歌，人生几何？譬如朝露，去日苦多。

慨当以慷，忧思难忘。何以①解忧？唯有杜康②。

青青子衿③，悠悠④我心。但为君故，沉吟至今。

呦呦⑤鹿鸣，食野之苹。我有嘉宾，鼓瑟吹笙。

明明如月，何时可掇⑥？忧从中来，不可断绝。

越陌度阡⑦，枉用相存。契阔谈讌⑧，心念旧恩。

月明星稀，乌鹊南飞。绕树三匝⑨，何枝可依？

山不厌高，海不厌深。周公吐哺⑩，天下归心。

## 注释

①何以：用什么。②杜康：人名，相传他是最早造酒的人。这里指代酒。③衿（jīn）：衣领。青衿是周代学子的服装，这里指代有学识的人。④悠悠：长远，形容思虑绵延不断。⑤呦（yōu）呦：鹿鸣声，出自《诗经·鹿鸣》。"呦呦"这四句表示招纳贤才的意思。⑥掇（duō）：拾取。明月是永不能拿掉的，它的运行也是永不能停止的，比喻忧思不可断绝。⑦陌、阡：田间小道。古谚有云"越陌度阡，更为客主"，意思是客人远道来访。⑧契阔谈讌（yàn）：两情契合，在一处谈心宴饮。契阔：契是投合，阔是疏远，这里是偏义复词，偏用"契"字的意思。讌，通"宴"。⑨匝（zā）：周，圈，这里以乌鹊无依喻人民流亡。⑩吐哺：借周公曾自谓"一沐三握发，一饭三吐哺，犹恐失天下之士也"，说明求贤建业的心思。

## 译文

面对美酒应该长啸放歌，人生的岁月能有多少？就像那清晨的露水转瞬消失，流逝的时光太多。宴会上歌声慷慨激昂，心中的忧愁难以遗忘。用什么来排遣忧愁？只有美酒。有才学的人啊，让我思慕牵挂。因为你的缘故，我一直思慕到现在。鹿群呦呦鸣叫，一起享用原野上的艾蒿。有贤才光临住处，我一定鼓瑟吹笙，盛情款待。皎洁的明月，什么时候才能摘取？内心的忧愁，没有办法断绝。远方的宾客穿过纵横交错的小路，屈驾来访。我们欢饮畅谈，重温着旧日的恩情。月明星稀，乌鹊向南飞去，绕树飞翔三周，找不到可以栖息依傍的枝条。山不会嫌弃自己太高，海不会嫌弃自己太深。像周公旦那样礼贤下士，一定能被天下人真心拥戴。

## 赏析

　　这首诗是曹操诗歌中具有代表性的言志之作。全诗通过对时光易逝、贤才难得的再三咏叹，抒发了自己求贤若渴的心情，表现出统一天下的雄心壮志和自强不息的进取精神。气韵沉雄、质朴简洁、大巧若拙是曹操诗歌语言艺术上的主要特点。钟嵘《诗品》谓之"曹公古直，甚有悲凉之句"。《短歌行》气魄雄伟，想象丰富，古朴自然，慷慨悲凉，正是这种风格的代表作。

## 望梅止渴

　　曹操不仅是个才华横溢的诗人，还是一位出色的政治家、军事家。

　　有一次，曹操率领大军去讨伐敌人，走岔了路，找不到取水的地方，士兵们都渴坏了，不愿意再向前走，甚至有些士兵开始抱怨，眼看着就要出乱子。这时，曹操灵机一动，对士兵们说："前面不远就有一片梅林，树上长满了酸甜的梅子，大家加把劲儿，走过去，就能解渴了。"士兵们一听，高兴极了，他们馋得不行，想到酸甜的梅子，忍不住直流口水。

　　趁着这个机会，曹操转变路线，安抚军心，带领士兵们一路前行，不久之后，就找到了水源。一场即将发生的动乱就这样被化解了。

# 野望

[唐] 王绩

东皋<sup>①</sup>薄暮望，徙倚<sup>②</sup>欲何依。

树树皆秋色，山山唯落晖。

牧人驱犊<sup>③</sup>返，猎马带禽<sup>④</sup>归。

相顾<sup>⑤</sup>无相识，长歌怀采薇<sup>⑥</sup>。

## 注释

①东皋：地名，今属山西万荣。作者弃官后隐居于此。皋，山边。②徙倚：来回地走动，徘徊。③犊：小牛，此处代指牛群。④禽：鸟兽，此处代指猎物。⑤相顾：互相看看。⑥采薇：采食野菜。据史料记载，伯夷、叔齐在商亡之后，"不食周粟，隐于首阳山，采薇而食之"。后以"采薇"比喻隐居不仕。

## 译文

黄昏时分，站在东皋村向远处望；来回徘徊，不知道该归依何方。层林尽染秋色，重重山岭都披着落日的余晖。放牧的人赶着牛群返家，猎人带着猎物骑马归来。相互看看，没有认识的人。长啸高歌，我多想隐居在此地。

## 赏析

这是一首借景抒怀的五言律诗。全诗格律规整，意境清幽，语言流畅，十分别致。

首联开篇点题，以"望"字挈领全诗。"何依"化用曹操"绕树三匝，何枝可依"的诗句，写出了诗人远望时迷茫、惆怅的心态。

颔联、颈联顺承首联，写了"望"到的清幽景致。颔联摹物，写秋林，写群山，写夕阳，写秋色，一派恬然美好。颈联写人，写赶着牛群回家的牧人，写打猎回来的猎人，"驱""返""带""归"等字的运用，以动衬静，更显得静谧安然。

尾联，诗人融情于景，借典抒情。借用伯夷、叔齐"首阳采薇"的典故，表达了自身对隐居生活的向往与钟爱。语言虽然浅白，意蕴却极深邃，格调清朗，志趣高洁，读来颇为令人回味。

# 渭川①田家

[唐] 王维

斜阳照墟落②，穷巷③牛羊归。
野老念牧童，倚杖候荆扉④。
雉雊⑤麦苗秀⑥，蚕眠桑叶稀。
田夫荷⑦锄至，相见语依依。
即此羡闲逸，怅然吟式微⑧。

**注释**

①渭川：渭水。源于甘肃鸟鼠山，经陕西，流入黄河。②墟(xū)

 春城无处不飞花

62

落：村庄。③穷巷：深巷。④荆（jīng）扉：柴门。⑤雉雊（zhì gòu）：野鸡鸣叫。⑥秀：麦子抽穗开花。⑦荷（hè）：扛着。⑧式微：《诗经》的篇名，其中有"式微式微，胡不归"之句，表归隐之意。

### 译文

夕阳照耀着村庄，牛羊沿着深巷纷纷回归。村中老翁惦记着出去放牧的孩童，拄着拐杖在柴门口等候。雉鸡啼鸣，麦子抽穗开花；蚕儿即将蜕皮，不动不食，桑树的叶片变得稀疏。农夫扛着锄头回来了，依稀能听到他们相遇时交谈的声音。这样安闲的情景真让人羡慕，我忍不住满怀怅然地吟诵起《式微》这首诗。

### 赏析

诗人以"斜阳照墟落"开首，画面感十足——暮色四合，夕阳余晖笼罩着村庄。"穷巷牛羊归"，诗人痴情地目送牛羊回村，使他自身的形象也融入画面之中。

诗人的目光慢慢放远，只见"野老念牧童，倚杖候荆扉"——乡村的老人见自己外出放牧的小孙子还未归来，心中挂念，便拄着拐杖，站在柴门前翘首盼望。这是人间至纯至善的亲情。乡间的一切在诗人眼中都是如此纯朴自然、温暖和谐。

"雉雊麦苗秀，蚕眠桑叶稀"，麦苗抽穗开花，放眼望去繁秀一片，雉鸡的啼鸣时时传出，动与静的结合，听与视的连接，让诗意能够远超画意。"田夫荷锄至，相见语依依"，农夫扛着锄头经过，寒暄交谈，笑语依依，这是怎样宁静而愉快的画面啊！

最后一联，诗人表明自己的心意："即此羡闲逸，怅然吟式微。"诗人无比钦羡这舒适闲逸的生活，但又身陷朝堂斗争的泥淖中，也只能怅然吟唱"式微式微，胡不归"的诗句。

## 诗词拾趣

在下面空白处填上合适的词语，组成诗句。

1.独在 □□ 为异客，每逢 □□ 倍思亲。

2.劝君更尽一杯 □ ，西出阳关无 □□ 。

3.空山 □□ 人，但闻人语 □ 。

4. □□ 水田飞白鹭，阴阴 □□ 啭黄鹂。

---

### 游子吟①

〔唐〕孟郊

慈母手中线，游子身上衣。
临行密密缝，意恐迟迟归。
谁言寸草②心③，报得三春④晖⑤。

**注释**

①题下原注"迎母溧上作"，此诗是孟郊五十岁任溧阳县尉，迎接母亲同住时所作的。②寸草：小草，这里比喻游子。③心：草

木的茎干，也指子女的心意，在这里"心"有双关之意。④三春：春季的三个月。⑤晖：阳光，这里以"三春晖"比喻母爱。

## 译文

　　慈母用手中的针线，为即将远游的儿子赶制衣裳。临行前，一针一线密密地缝缀，担心儿子归来太晚衣服破损。谁说子女如草木般微小的孝心，可以回报母亲春晖普照般的恩情？

## 赏析

　　这首诗的前两句，慈母以丝线缝衣，象征着不管游子身在何处，身上承载的都是母亲不尽的思念。中间两句描写进一步细化，"密密缝"三字一方面以小见大，通过行针之细密，反映出慈母深切的爱子之心；另一方面也通过写"丝线"的交织繁复，比喻母亲的"思虑"无微不至。而"意恐迟迟归"正点出了母亲之"思"的核心，使外在的动作延伸到内在的心理。"谁言寸草心，报得三春晖"两句是基于以上情境所抒发的感慨。诗人以"寸草"喻游子，以"春晖"喻母爱。儿子在母亲的关爱下一点点长大成人，无时无刻不享受着母亲的关怀和

温暖，纵然有感恩思报之心，这又怎能抵得过母亲那博大的爱呢？最后这两句诗同时采用了比喻、双关和设问三种修辞方法，却无一丝雕琢的痕迹，感情真挚，不愧为千古名句。

## 晚春

[唐] 韩愈

草树知春不久归①，百般红紫斗芳菲。
杨花②榆荚③无才思，惟解④漫天作雪飞。

### ◎ 注释

①不久归：快要离开，指春将结束。②杨花：指柳絮。③榆荚（jiá）：亦称榆钱，榆树的果实。④惟解：只知道。

### ◎ 译文

花草树木知道春天不久以后就会离开，都在竞相绽放，万紫千红，争奇斗艳，想要将春留住。柳絮和榆钱没什么才华姿色，只知道如雪花般漫天飞舞。

### ◎ 赏析

全诗立意新颖、别开生面，通篇以拟人的手法形象地描绘出了草木留春、群芳竞艳的鲜活景象。

诗的开首一句便大开大合，以拟人的手法写了草树"留春"的原因与情景。"不久归"既点明了时令，照应题目"晚春"，又道出了"留春"之因，为"百般红紫斗芳菲"做铺垫。因为知道春即将归去，为了留住它，花草树木使尽浑身解数各展芳菲、争奇斗艳。

第三、四句，诗人别具匠心地从"斗艳"的群芳里剪裁出了最独特的一幅画卷。柳絮、榆荚虽然庸庸碌碌、毫无才思，却也不甘藏拙，亦如飞雪一般随风曼舞、洒遍四野，希望能将春"留住"。在此，诗人赞的不仅是杨花，还有无数如杨花一般，虽无芳华但却不乏胆魄与情趣的人。

全诗情真意切，别开生面，其立意之新、之奇、之巧由不得人不赞叹。

下面诗句中，哪一句不是描写春日风光的？

☐ A. 红豆生南国，春来发几枝。

☐ B. 天街小雨润如酥，草色遥看近却无。

☐ C. 乱花渐欲迷人眼，浅草才能没马蹄。

☐ D. 停车坐爱枫林晚，霜叶红于二月花。

诗词拾趣 ……

# 春日

[唐] 韦庄

忽①觉东风景渐迟②，野梅山杏暗芳菲。
落星楼③上吹残角④，偃月营⑤中挂夕晖。
旅梦乱⑥随蝴蝶散，离魂渐逐⑦杜鹃飞。
红尘遮断长安陌，芳草王孙暮不归。

## 注释

①忽：忽然，突然。②迟：迟缓。③落星楼：在南京东北临江的落星山上。④角：古时的西域乐器，呈管状，声音洪亮。⑤偃月营：半月形的阵营。⑥乱：趁乱。⑦渐逐：渐渐地追逐着。

## 译文

忽然察觉到东风渐缓，暮春已至；野外的梅花、山中的杏花芳姿暗淡。落星楼上隐约有号角吹响，半月形的营地上空夕阳斜挂、余晖漫洒。旅人思乡的梦随着乱飞的蝴蝶消散，游子的思绪跟着杜鹃渐飞渐远。世俗的种种遮蔽了视线，已望不见长安。思远怀人，天黑了仍不愿回去。

## 赏析

《春日》这首诗，乍看似是一首咏春诗，但实际上却是一首借春光之明媚来反衬思乡思亲之哀的思乡诗。

首联，诗人洋洋洒洒地描绘了一幅东风微拂、阳光轻暖、野梅芬芳、山杏烂漫的绝美春景，然而这份明媚，配上"迟""暗"两字，却意境突变，恍惚之间，明媚不再，却似有无数忧愁扑面，乐景哀情，对比强烈。颔联，与首联修辞相似，明是写落星楼、偃月营，但映以"残角""夕晖"，便陡生一股凄凉之意。颈联，诗人借用"庄周梦蝶""望帝啼鹃"的典故，以旅梦散、离魂飞，表达了羁留异乡的游子浓浓的思乡之情。尾联，诗人点题，"红尘遮断长安陌，芳草王孙暮不归"，关山迢迢，遮断了游子遥望长安的眼眸，芳菲如旧，暮色迟迟，人却未归。一股极致的思乡、思亲之情由此跃然纸上。

# 思归

[唐]韦庄

暖丝①无力自悠扬，牵引东风断②客肠。

外地见花终寂寞，异乡闻乐更凄凉。

红垂③野岸樱还熟，绿染回汀草又芳。

旧里若为归去好，子期④凋谢吕安⑤亡。

**注释**

①暖丝：温暖春日中新绿的柳枝。②断：不连续、断开。③垂：垂落、垂下。④子期：钟子期，春秋时期楚国人，精通音律，与俞伯牙是挚友。⑤吕安：魏晋时期的风流名士，落拓不羁，恃

才傲物，他与"竹林七贤"之一的嵇康是
至交。

### 🌸 译 文

春日暖融，新绿的柳枝柔软无力，随风
飘扬；柳枝牵引着东风，让游子伤心断肠。异
地赏花终究觉得寂寞，异乡听曲更觉凄怆悲凉。
岸边樱桃红遍，还没熟透。曲折的汀洲上芳草重
生，染满了绿意。倘若能回到家乡，就早些回去，
以免子期逝去、吕安亡故，知音旧友不在。

### 🌸 赏 析

全诗格调清新，惆怅中带着哀凉。首联
以柳丝随风摇曳、东风徐徐的暖春之景写异客断
肠之悲。颔联，诗人承上贯下，借景抒情，
以"外地""异乡"点明了客居他乡的境
况，而身在他乡，乡思难忘，"见
花""闻乐"，非但不觉美好，反而倍
觉凄清落寞。

而颈联看似全然在写景，诗人
却用一"还"和一"又"字，相互
映衬，既道出了光阴流逝的惆怅，又表达了
长期漂泊在外的悲苦。既然苦，不如早些回乡。但
最后两句，表现出诗人思乡却又害怕回到故乡的矛
盾心情，近乡情更怯，思及归乡，他也忍不住思绪
万千、顾虑重重，若"我"归时，故友逝去，知交

不在，又该如何是好。而诗人这种矛盾的思绪，又从侧面烘托了他强烈的思归之意。

# 如梦令·常记溪亭日暮

[宋] 李清照

常记①溪亭日暮，沉醉不知归路。兴尽晚回舟，误②入藕花③深处。争渡④，争渡，惊起一滩⑤鸥鹭⑥。

### ❀ 注释

①常记：时常记起。②误：不小心。③藕花：荷花。④争渡：奋力把船划出去。⑤一滩：一群。⑥鸥鹭：泛指水鸟。

### ❀ 译文

时常记起在溪畔亭中游玩到黄昏的情景，陶醉美景中忘记了回家的路。兴致尽了，很晚才划船返回，一不小心划进了荷花丛深处。奋力把船划出去，奋力把船划出去，不小心惊飞了一群水鸟。

### ❀ 赏析

这是一首充满怀念色彩的小词。全词语言精练，淑婉有致，巧妙地将一次游赏的经历剪裁成了沉醉溪亭、日暮回舟、误入藕花、争渡惊飞四幅各具特色的鲜活图景，读来既生动，又颇富意趣。

词的开头，以"常记"勾起回忆，"溪亭"概括无边风景，"沉醉"既写出了词人醉酒的娇憨情态，也写出了词人陶醉美景、流连忘返的心态，一语双关。同时，"日暮""沉醉"又为"不知归路"与"误入"做了铺垫，前后连缀，有因有果，极是巧妙。

"误入"之后怎么办呢？连用两个"争渡"既恰到好处地写出了词人寻找归路的急切心情与内心的慌乱无措，同时，也为后续的"惊起"提供了条件。"惊起"之后如何，词人没说，词已尽，而余味不绝。

## 南安军

[宋]文天祥

梅花①南北路，风雨湿征衣②。
出岭同谁出？乡如此归！
山河千古在，城郭一时非。
饿死真吾志，梦中行采薇③。

**注释**

①梅花：此处为借代，代指遍植梅花的大庾岭。②征衣：泛指军装。③采薇：伯夷、叔齐是商末孤竹君的两个儿子。商灭亡后，因耻于吃周朝的粮食，逃到首阳山，采薇而食，最后饿死。后来，人们就用"采薇"来比喻坚守气节的仁人志士。

## 译 文

由南向北翻越大庾岭，风雨交加打湿了军装。出岭口时是和谁一起走出去呢？回乡就是这样回的！故国山川万古长存，城郭沦丧，落入敌手。饿死自己是我真实的意愿，梦中也要学伯夷、叔齐，山中采薇充饥等死。

## 赏 析

这是文天祥兵败被俘后写的一首感遇小诗。诗的首联开门见山，描绘了经过大庾岭时的情景。"梅花"并非实写，而是虚写，是地名的代指。"风雨"既是对现实景致的描摹，也是悲苦凄惨遭遇的象征。

颔联，诗人借景抒情，两个"出"、两个"归"的叠用，加强了全诗悲苦又慷慨的情感。"同谁出"的询问，"如此归"的感叹，更相互烘托，将情感渲染到了极致。出了大庾岭就是文天祥的家乡庐陵。回乡自然是件令人高兴的事，可是作为俘虏，被元兵押解着回乡，却又是另一番滋味。

尾联，诗人笔锋提振，一扫先前的悲苦，用"采薇"的典故，直截了当地表明了宁可饿死也要守节的爱国精神和民族大气。

## 诗词拾趣

从下面的词组中各选一个字，组成两句诗。

- 一表人才　生离死别　自由自在　古往今来
  鹿死谁手　无事生非　舍生忘死

- 雁过留声　咎由自取　妙手丹青　一心一意
  肝胆相照　汗牛充栋　青红皂白

句1

句2

# 一剪梅①·舟过吴江

[宋] 蒋捷

一片春愁待酒浇。江上舟摇，楼上帘招②。秋娘渡与泰娘桥，风又飘飘，雨又萧萧。

何日归家洗客袍？银字笙③调④，心字香⑤烧⑥。流光容易把人抛，红了樱桃，绿了芭蕉。

## 注释

①一剪梅：词牌名，双调小令，六十字。②帘招：酒旗。③银字笙：一种管乐器。④调：调弄。⑤心字香：熏炉里心字形的香。⑥烧：燃烧。

## 译文

春日的愁绪连绵，等着用酒来浇灭。吴江上轻舟摇曳，江岸边酒旗飘摇。船驶过秋娘渡与泰娘桥，风再起，雨又急，一片萧瑟。

什么时候才能回到家将衣袍浆洗？调弄镶有银字的笙，点燃熏炉里心字形的香。如水般流逝的岁月让人追赶不上，樱桃熟了，芭蕉叶由浅绿变深绿。

## 赏析

这是一首伤春词，也是一首思归词。全词点染结合、层层铺垫、虚实结合、语言流丽，是难得一见的佳作。

上阕开门见山，点明主旨，直言"春愁"。"一片"表明愁绪深重连绵。"江上舟摇"呼应词题"舟过吴江"，同时引起下文。"飘飘""萧萧"写出了风骤雨急的凄凉场面，融情于景。"又"表明不止一次，说明词人遭遇的是连日的阴雨，悲景悲情，最显凄怆。

下阕，词人笔调转虚，开始想象归家之后"洗客袍""调笙调""烧心香"的温馨场景。以虚衬实，更显得现实悲苦。之后，词人笔锋一转，不再言悲，而是以景结情，用"红了樱桃""绿了芭蕉"间接写春逝，既照应了"春愁"，又点出了羁旅的思念和"流光"的易逝。语短情长，十分精妙。

# 别云间①

[明] 夏完淳

三年②羁旅客，今日又南冠③。
无限山河泪，谁言天地宽。
已知泉路近，欲别故乡难。
毅魄④归来日，灵旗⑤空际看。

## ⚘ 注 释

①云间：今上海松江区，是诗人的故乡。清顺治四年（1647），诗人在这儿被捕。②三年：诗人从顺治二年（1645）起，投入到抗清斗争中，征战于太湖和周边地区，一直到顺治四年（1647），一共三年。③南冠（guān）：沦为阶下囚的人。《左传》载，楚人锺仪沦为阶下囚，晋侯见他戴着楚国的帽子，就问旁边的人："南冠而絷（zhí，拴、捆）者，谁也？"后世以"南冠"代指俘虏。④毅魄：坚忍不拔的魂魄，出自屈原《九歌·国殇》："身既死兮神以灵，魂魄毅兮为鬼雄。"⑤灵旗：战旗，又叫魂幡，古代出征前必祭祷之，以求旗开得胜。这里指后继者群体。

## 🌸 译文

为抗清羁旅异乡三年的游子，今日兵败再次成为囚徒。山河沦陷，泪落不止。国土沦亡，谁还能说天宽地广。已经知道生命即将走到尽头，想到永别故乡，心中实在太难受了。等到坚毅的魂魄归来的那天，定要在空中好好看一看后继者抵抗清军。

## 🌸 赏析

这是一首告别诗，是夏完淳一心复明而被清军抓捕后，从南京押往上海时所作。

夏完淳是一位天才人物，年纪极轻便已经深明卫国之壮义，更于狱中写下与母亲诀别的绝笔之作《狱中上母书》，这时的他只有十六岁，其志之坚定，其情之深沉，全都超脱了他当时的年纪之所悟，为后人深赞不已。"毅魄归来日，灵旗空际看"两句深富赤子之情，为国捐躯，为国赴死，于这样一个爱国志士而言，不过如此淡然，其情其势不由震撼人心。所以，这一句诗也成了后来爱国者豪壮慷慨爱国之心的表达，如同一座坚定每个人民族意识的不朽丰碑，高高立于自我人生信念之中。全诗以豪迈见长，气势恢宏，意念清晰，读来荡气回肠又深受鼓舞，给人一种"生当作人杰，死亦为鬼雄"的坚定不屈之信念感！

风

垂

# 画中诗，诗里画

　　诗中有画，画里藏诗。考眼力的时候到了，你能根据提示的关键字，写出藏在图画里面的三联古诗词吗？

塞

# 渡汉江①

[唐] 宋之问

岭外②音书断，经冬复历春。
近乡情更怯，不敢问来人。

**注释**

　①汉江：汉水，这里指流经湖北襄阳附近的一段汉水。②岭外：五岭以南的广东广大地区，通常称岭南。唐代常被作为罪臣的流放地。

**译文**

　客居岭南，和家里断了音信；经过寒冬又到了春日。越是临近家乡，心中越是胆怯，不敢询问从家乡过来的人。

**赏析**

　这是一首描写游子归乡途中所闻、所感之诗。游子远客岭南，在这期间，音书断绝，信息不通，其间孤苦寂寞，可以想见。而季节更替，冬去春来，无形中将乡愁乡思深化了一番。诗人凭借时空的广阔，来抒写客游之况，虽不直白地写情，但游子思乡之情已见于字里行间。"近乡情更怯，不敢问来人"，游子一旦归乡，离家乡越近，那种惊喜与担忧的矛盾心情更显得激烈。远游之后，将要回家，喜悦是很自然的，而在久无音信的情况下，又担心家中发生其他的变化，未免又多了一重担忧。在这双重心理的作用下，诗人使用了一个"怯"字，使得情感更为生动。诗人以简洁的笔法，将归乡游子的复杂心情刻画描摹得入情入理。

# 劝学诗

[唐] 颜真卿

三更<sup>①</sup>灯火五更鸡，正是男儿读书时。
黑发<sup>②</sup>不知勤学早，白首<sup>③</sup>方<sup>④</sup>悔读书迟。

**注释**

①三更：古代夜晚分为五更，每更为两小时，午夜十一点至

一点为三更。②黑发：代指年轻的时候。③白首：头发花白之时，代指年老。④方：才。

## 🌸 译文

　　从五更鸡鸣到三更夜半，正是男儿读书的最佳时间。少年时不知道早起奋发学习，老了才后悔读书少就太迟了。

## 🌸 赏析

　　与其他劝学诗相比，颜真卿的这一首更为直接地点出"惜时的目的"——读书。"三更灯火五更鸡"并非让我们从半夜读书到天明，而是五更鸡鸣之时，便需早起勤读，直到夜半三更，方能释卷。不同于"孜孜不倦""废寝忘食"的循循善诱，颜真卿所提出的方案是具体的，非常具有操作性。"正是男儿读书时"，诗人用"正是"二字，十分笃定地强调了自己的建议，有着莫大的激励意义。

　　前两句提出读书的时间规划，后两句阐明原因——"黑发不知勤学早，白首方悔读书迟"。年少力壮之时不知勤学，到了白发渐生，才悔恨早年荒废学业，虚掷光阴。诗人这几句教训可谓是异常严厉，正是因为这一份严厉，这首诗才会成为最脍炙人口的劝学诗。

## 花墨碗砚

颜真卿不仅是位博学的诗人，还是位大书法家。他小时候家里很穷，根本就买不起练字用的笔墨纸砚，母亲为此头发都快愁白了。颜真卿便安慰她说："母亲，我有不花钱的纸笔。""胡说！纸笔哪有不花钱的。"母亲不信。颜真卿笑了笑，就跑了出去，不一会儿，他拿着一把刷子和一个装满黄泥的碗进来了。他告诉母亲："这只碗就是我的砚台，碗里的黄泥是我的墨，刷子是毛笔。""那纸呢？"母亲问。颜真卿抬起小手，指了指家里的墙："那不就是纸吗？"说着，他用刷子蘸了些黄泥，在墙壁上写了起来。写满了，就用清水把泥冲掉，再重写。就这样，颜真卿靠着自己的刻苦努力，练出了一手好字，成了唐朝著名的书法家。

# 闻官军①收河南河北

[唐] 杜甫

剑外②忽传收蓟北③，初闻涕泪满衣裳。
却看④妻子⑤愁何在⑥，漫卷诗书喜欲狂。
白日放歌⑦须⑧纵酒⑨，青春⑩作伴好还乡。
即从巴峡穿巫峡⑪，便⑫下襄阳⑬向洛阳⑭。

## ❀ 注 释

①官军：指唐朝政府军。②剑外：剑门关南边的地方，这里指作者所在的蜀地。③蓟北：广义上的唐代蓟州北部地区，现河北北部地区，安史叛军的大本营就驻扎于此。④却看：回头看。⑤妻子：妻子和孩子。⑥愁何在：哪里还能见到忧伤的踪影？愁已经消失了。⑦放歌：大声歌唱。⑧须：应该。⑨纵酒：尽情地喝酒。⑩青春：指春天美丽的景色。⑪巫峡：长江三峡之一，因从巫山经过而得名。⑫便：就的意思。⑬襄阳：今属湖北。⑭洛阳：今属河南。

## ❀ 译 文

剑门关外突然传来了蓟北被收复的消息，刚刚听说就涕泗横流、泪水沾湿了衣裳。回头看向妻子和孩子，哪还有一点忧愁？胡乱把书卷起，高兴得简直要发狂。白天应该开怀畅饮、放声高歌，趁着春光明媚和妻子、孩子一起返回家乡。想着就从巴峡穿过巫峡，经过襄阳后直奔洛阳。

## ❀ 赏 析

首联起势不凡，"忽传"二字淋漓地表现了捷报传来的突然，而这

份突然，又强烈地突显了捷报给人们带来的惊喜。后面的"初闻"则与"忽传"相照应，而"涕泪满衣裳"短短五字，将诗人闻听捷报之后喜极而泣的情态刻画得极为真切。其后，诗人在颔联中对惊喜之后的情状做了具体的描写，"愁何在""喜欲狂"彼此呼应，将忽闻捷报之后愁绪散尽、欣喜欲狂的情景表现得淋漓尽致。

颈联，"白日放歌须纵酒，青春作伴好还乡"则是对"喜欲狂"的纵深阐述。还乡怎么还？尾联，诗人进行了一番畅想，"即从巴峡穿巫峡，便下襄阳向洛阳"，巴峡、巫峡、襄阳、洛阳四个地名对偶；"即从""便下"，"穿""向"两对动词连排组合，形象地表现出了诗人归思之急切。而这份急切，恰又是闻捷报而欣喜的最好映衬。

## 诗词拾趣

**从给出的字中选择一部分，组成两句诗。**

| 此 | 回 | 恨 | 间 | 城 | 有 |
|---|---|---|---|---|---|
| 国 | 山 | 天 | 鸟 | 得 | 应 |
| 闻 | 人 | 河 | 曲 | 春 | 草 |
| 只 | 在 | 几 | 心 | 上 | 能 |

句1

句2

# 宿府

[唐] 杜甫

清秋幕府<sup>①</sup>井梧寒，独宿江城蜡炬残。
永夜角声悲自语，中天月色好谁看。
风尘荏苒<sup>②</sup>音书绝，关塞萧条行路难。
已忍伶俜<sup>③</sup>十年事<sup>④</sup>，强移栖息一枝安。

## 注释

①幕府：古时候将军的府署。杜甫当时在严武幕府中。②荏苒（rěn rǎn）：渐进，多指时间推移。③伶俜（líng pīng）：流离失所。④十年事：杜甫饱经丧乱，从"安史之乱"爆发至写此诗时，正是十年。

## 译文

在严武幕府中，井畔梧桐点染着秋夜的寒意；孤身一人借住江城，身边映照着蜡烛的残光。长夜漫漫，耳边响起仿佛自语般的悲凉号角声。月色皎洁，一片佳好，与谁共赏？战乱已久、岁月流转，早已和家里断了音信。边塞之地，一片萧条，来往艰难。已经过了十年飘零的生活，勉强在幕府求个暂时的安稳。

## 赏析

首句以气候的清寒入笔，委婉地折射出了诗人在幕府时心境的悲凉，为独宿做了铺垫。独宿之时，蜡炬已残，更见一番清苦。颔联承首联之"独宿"而写景，长夜漫漫，独宿府中，角声呜咽，如泣如诉，"自语"二字，格外孤寂。月上中天，清光如水，景雅而情伤，纵有好景，奈孤愁寂寞何！颈联感慨万千，皆从颔联景中生出，战乱不休，音书渺渺，"风尘"二字正为战伐而发，而"永夜角声"之语又有着落。杜甫飘零蜀中，世路人心，人情冷暖，精力殆尽自不待言，"行路难"三字令人心酸。"已忍伶俜十年事，强移栖息一枝安"，入幕参事，本非诗人本意，友人盛情，自难推却，而入幕所历之种种尔虞我诈，实已无可奈何。此诗气清神冷，风骨奇寒，心之所感，注于笔端。

# 假中对雨，呈县中僚友

[唐]韦应物

却足甘为笑，闲居梦杜陵①。
残莺②知夏浅，社雨③报年登。
流麦④非关忘，收书独不能。
自然忧旷职，缄此谢良朋。

**注释**

①杜陵：地名，位于今陕西西安东南。汉宣帝刘询的陵墓所在。②残莺：指晚春时的黄莺。③社雨：社日时的雨。社日是古

代农民祭祀土地神的节日，分为春社日和秋社日，分别在立春和立秋后第五个戊日。④流麦：典出《后汉书·逸民传·高凤》：高凤妻在庭中晒麦，令他持竿护鸡，天降暴雨，凤专注读书，麦随水而去。后以此为专心读书的典故。

## 译文

后退止步，甘愿露出笑容；休假闲居梦到了杜陵。听到黄莺的啼鸣知道已是初夏；社日的雨水将丰收的消息传递。麦子随水流走不是忘记了，只是太过专心，不能将书收起。我闲居在家，让你们替我分忧。于是写这封信来感谢同僚好友。

## 赏析

这是诗人在休假闲居时写给县中同僚的诗。

诗人于开篇两句写自己虽然为休假感到开心，但心里仍然想着如何为国为民效劳，连睡觉都在"梦杜陵"。杜陵是汉宣帝刘询的陵墓所在地，这位帝王当政时亲政爱民，深受老百姓的爱戴，诗人便以梦见他来表明心迹。紧接着，诗人表达了自己深信百姓今年能有个好收成的愿望，因为"社雨"已经昭示了今年的丰收。然而，尽管诗人关心着庄稼的情况，关心百姓的生活，却不得不继续赋闲在家，于是他只能以此诗感谢同僚好友暂时替他分忧了。

# 卖炭翁①

[唐] 白居易

卖炭翁，伐薪烧炭南山中。

满面尘灰烟火色②，两鬓苍苍十指黑。

卖炭得③钱何所营④？身上衣裳口中食。

可怜身上衣正单，心忧炭贱愿天寒。

夜来城外一尺雪，晓⑤驾炭车辗⑥冰辙⑦。

牛困人饥日已高，市南门外泥中歇。

翩翩⑧两骑⑨来是谁？黄衣使者⑩白衫儿⑪。

手把⑫文书口称⑬敕⑭，回车叱牛牵向北。

一车炭，千余斤，宫使驱将惜不得。

半匹红纱一丈绫⑮，系向牛头充炭直。

### 注释

①卖炭翁：这是诗人创作的组诗《新乐府》中的第三十二首，题注云："《卖炭翁》，苦宫市也。"宫市，唐代皇宫直接派人到市场上去拿所需的物品，只是象征性地给点钱而已，事实上就是公开抢夺。唐德宗时，专门派宦官来负责这件事。②烟火色：脸是烟熏的颜色。这里是在强调卖炭翁的辛苦。③得：获得。④何所营：做什么用。营，谋求。⑤晓：天亮。⑥辗（niǎn）：同"碾"，轧。⑦辙：车轮在地面上轧过以后留下的印痕。⑧翩翩：欢快愉悦的样子。这里形容骄傲自满的样子。⑨骑：骑马的人。⑩黄衣使者：指

皇宫内的太监。⑪白衫儿：指太监手下办差的。⑫把：执。⑬称：说。⑭敕（chì）：皇帝的命令。⑮半匹红纱一丈绫：唐代贸易往来，绢帛等丝织品可以当作货币进行交易。当时钱贵而绢不值钱，半匹红纱一丈绫，和一车炭的价值相比，差得太远了。这是官方低价掠夺民众财物的行为。

### ✿ 译文

　　卖炭的老翁，砍伐柴薪在南山中烧炭。满是灰尘的脸上显出烟火熏燎后的颜色，两鬓斑白，十指漆黑。卖炭得来的钱用来做什么？换取身上的衣裳与入口的食物。可怜他身上还穿着单薄的衣服，却因为担忧炭卖得太便宜而希望天更冷一些。夜里城外下起了大雪，积雪有一尺厚；天刚拂晓，他就驾着拉炭的牛车，碾着结冰的车辙向集市赶去。牛累了，人饿了，日头渐渐升高，只好在集市南门外的泥地中休息片刻。欣喜自得、骑马而来的两个人是谁？是宫中的太监和他的手下。他们手中拿着文书，开口宣读皇帝的命令。掉转车头，吆喝着牛向皇宫走去。一车炭，有一千多斤，被太监们强行拉走，老翁百般不舍却又无可奈何。那些人将半匹红纱和一丈绫布往牛头上一挂，就充抵了煤炭的钱了。

**赏析**

　　这是白居易的一首代表作，诗中讲述一位卖炭老翁辛苦、悲凄的生活现状，其情极深，且艺术特色与众不同。这是白居易济世悯人的用心之作，其诗意虽含蓄、谦然，但却引人深思、动人心魄。诗作全篇极为平淡，如同讲述一个故事般不卑不亢、不快不慢地娓娓道来。一位卖炭老翁，千辛万苦烧成新炭，他寄希望于天气再冷一些，可以让自己的炭卖到一个好价钱。"可怜身上衣正单，心忧炭贱愿天寒"，哪怕自己身无棉衣，却犹盼天寒，他的内心如此矛盾，使人读罢不由得触痛内心，贫苦之人的生活现状被细致地烘托而出。最后，卖炭老翁并没有得偿所愿，他的炭变成了"半匹红纱一丈绫"。这就是诗人高超的艺术手法，于叙事之中点明现实，于平淡之中激起愤慨。语言不是刀，但它足以杀伐诸恶，诗人便是如此带给读者以审判历史的权利。

# 钗头凤<sup>①</sup>·红酥手

[宋] 陆游

　　红酥手，黄滕酒<sup>②</sup>，满城春色宫墙柳。东风恶，欢情薄，一怀愁绪，几年离索<sup>③</sup>。错，错，错！

　　春如旧，人空瘦，泪痕红浥<sup>④</sup>鲛绡<sup>⑤</sup>透。桃花落，闲池阁，山盟虽在，锦书难托。莫<sup>⑥</sup>，莫，莫！

## 注释

①钗头凤：本名《撷芳词》，双调六十字。②黄縢酒：又名"黄封酒"，宋代的官酒以黄纸封口，故名。③离索：离群索居的省略，分离孤独。④浥（yì）：湿。⑤鲛绡（jiāo xiāo）：原指鲛人所织的绡，这里指手帕。⑥莫：罢了。

## 译文

红润酥软的手中，捧着一盏黄縢酒，城中春意盎然，宫墙边绿柳摇曳。可恶的春风，吹薄了旧日的欢情。愁绪满怀，数年来一直离群索居。错了，错了，错了！

春光依旧，人空自消瘦，泪水湿润了脸上的胭脂，又浸湿了薄纱做的手帕。桃花飘落，池上的楼阁清冷。虽然山盟海誓仍在，可是锦文书信却难以托付。罢了，罢了，罢了！

## 赏析

"红酥手，黄縢酒，满城春色宫墙柳"，这三句描写了邂逅沈园，唐琬为词人送来了佳肴美酒，词人睹物思人，柔肠九折。"东风恶，欢情薄，一怀愁绪，几年离索"，这几句是全词的关键所在，在词人心中，其是造成自己爱情悲剧的核心，"恶"并不是对于造成这种悲剧的一种反抗，而是词人的主观意念，产生这种意念的原因与心情有莫大关系。

"春如旧，人空瘦，泪痕红浥鲛绡透。"下阕的前三句承接上文而来，进一步描写词人而今眼中看到的唐琬，虽然还是从前的样子，却失去了往日的风采。"桃花落，闲池阁，山盟虽在，锦书难托"，这几句承接上阕的"东风恶"而来，唐氏离去后的沈园，在东风的摧残下，桃花满地，池阁无人，此情此景，焉能不让词人伤心欲绝。"莫，莫，莫！"最后词人一连用了三个叹词，真是和血写成，令天下有情人读来，共为一哭。

# 观书

[明] 于谦

书卷多情似故人①，晨昏忧乐每相亲②。
眼前直下三千字，胸次③全无一点尘④。
活水源流随处满，东风花柳逐时新。
金鞍⑤玉勒⑥寻芳客，未信我庐⑦别有春。

## 注释

①故人：老朋友，这里用拟人手法，把书卷比作老朋友。②亲：近。③胸次：心中。④尘：杂念。⑤金鞍：饰金的马鞍。⑥玉

勒：饰玉的马笼头。这里指马鞍和笼头的贵重和美丽。⑦庐：这里指书房。

## 译文

书卷就好像情谊深厚的故友，无论清晨还是黄昏，忧愁还是欢乐，都有它陪伴。径自浏览过无数文字，心中没有一点尘俗杂念。坚持读书，随时随地都有新的想法与知识注入，源源不竭。经常阅读就像春风里花柳按照时令依次焕新。跨坐金鞍、玉饰马笼、寻觅着春日芳华的人，恐怕不会相信我的书斋中别有春光。

## 赏析

诗的首联即以拟人之法，以书比"故人"，以"晨昏"不离，"忧乐"相亲，概言读书之趣，阐明自身每日开卷，总得其乐。颔联，诗人笔力开合，具体阐述专心读书的乐趣。"直下三千字"自是夸张，绝非确数，然而这种夸张，却又恰如其分地将诗人读书之多、之迅、之切、之深情表现了出来，从正面直言了自己对书的渴求。而"胸无点尘"句一语双关，更进一步描摹出了诗人读书时专心致志、心无杂念的模样，也含蓄地表达了书能荡涤人心中杂念，使人专注的益处。及至颈联，诗人化用朱熹"问渠那得清如许，为有源头活水来"之句，言常读书就若引活水，坚持不懈，水源不竭；持之以恒，更若东风催花，新知不断，乐趣无穷。尾联，诗人没有再详述读书之妙，而是以"金鞍玉勒"、不学无术的"寻芳客"为反衬，褒赞了读书人通过读书而领略到的另一番春色与美好。

下面诗句中，哪一句表现了诗人品格高洁、坚持自我的高尚情操？

☐ A. 春风得意马蹄疾，一日看尽长安花。

☐ B. 碧玉妆成一树高，万条垂下绿丝绦。

☐ C. 春色满园关不住，一枝红杏出墙来。

☐ D. 墙角数枝梅，凌寒独自开。

# 浣溪沙·谁①念西风独自凉

[清] 纳兰性德

谁念西风独自凉，萧萧②黄叶闭疏窗③。沉思往事立残阳。

被酒④莫惊春睡重，赌书⑤消得⑥泼茶香。当时只道是寻常。

## ❀ 注释

①谁：这里指已经去世的妻子。②萧萧：落叶被风吹动的声

音。③疏窗：雕花的窗户。④被酒：喝醉酒。此句谓醉酒后不在这春睡中醒过来。⑤赌书：这里用李清照和赵明诚的典故。二人常说某事在某书中第几页第几行，以胜负决定饮茶顺序，胜的人举杯大笑，至茶水倾覆怀中，负则不得喝茶。⑥消得：享受。

## 译文

秋风渐起，谁会惦念着独居的人会不会着凉？黄叶萧萧，遮住了带花纹饰的窗。伫立夕阳下，沉浸在回忆往事中。

春日醉酒，酣睡正甜，你总是害怕会惊醒我。享受赌书泼茶的乐趣，衣襟上尽是茶香。当时只觉得这是很平常的事情，如今却物是人非。

## 赏析

上阕，词人以反问之句起笔，巧致之余，更增添了几许抒情的效果。西风瑟瑟，天气转凉，黄叶零落，孑然一身的纳兰性德也觉得寒凉，但爱妻已故，还有谁会惦念自己凉不凉？一个"谁念"，短短两字，却道出了词人无尽的追思与复杂的情绪。

词的下阕紧承上阕，笔锋转折，很自然地便从今时写到了往昔，从今日的独对凄凉，写到了旧日与爱妻一起读书品茗的生活乐事，写到了自己酒酣熟睡之时妻子的关切与小心翼翼。然而，过去的多少幸福，在妻子逝去之时便已成殇。"当时只道是寻常"，原以为这一切都寻常不过，以为自己与爱妻定能相携白首，一生美满。然而，幸福只有短短的几年，爱妻去后，词人痛断肝肠，追悔不已。"当时只道是寻常"，可那毕竟不寻常！于是，愧悔悼亡之情便显得更深沉，更厚重，也更哀婉。

## 采薇（节选）

《诗经·小雅》

昔我往<sup>①</sup>矣，杨柳依依。
今我来思，雨雪<sup>②</sup>霏霏。
行道迟迟，载<sup>③</sup>渴载饥。
我心伤悲，莫知我哀！

**注释**

①往：指当初去从军。②雨（yù）雪：指下雪。③载：则，又。

**译文**

从前我去从军离开时，杨柳轻轻地随风摇曳。今日我返回家乡的途中，大雪纷纷飘落。路途曲折行路迟缓，我又渴又饿。我内心悲伤，谁也不懂我的哀凉。

❀ **赏析**

这首诗以士兵口吻写成，是一戍卒在归家途中回想戍边的艰辛，以及对比从军时的情景和这番回家的心境而作的诗。全诗共六章，节选部分为最后一章，也是整首诗最出彩的地方。"昔我往矣，杨柳依依。今我来思，雨雪霏霏。"这是写景记事，更是抒情伤怀。通过"往"与"来"，"杨柳依依"与"雨雪霏霏"，戍卒在这种情境变化中，体会到了生活的艰辛和生命的流逝。清人方玉润这样评此诗："此诗之佳，全在末章，真情实景，感时伤事，别有深情，非言可喻。"可谓见地深刻。

## 饮酒（其五）

[东晋] 陶渊明

结庐①在人境②，而无车马喧③。
问君④何能尔⑤？心远地自偏⑥。
采菊东篱下，悠然⑦见南山⑧。
山气日夕⑨佳⑩，飞鸟相与还⑪。
此中⑫有真意⑬，欲辨⑭已忘言⑮。

❀ **注释**

①结庐：盖房子。结，构筑。②人境：喧嚣扰攘的世间，人们居住的地方。③车马喧：车马喧闹的声音。④君：指陶渊明自

己。⑤何能尔：为什么能做到这样。⑥偏：冷清。本句意指自己的心灵已经摆脱了尘世的羁绊，所以居住的地方也自然而然地清净起来。⑦悠然：形容悠闲自得的样子。⑧南山：这里指代庐山。⑨日夕：指傍晚。⑩佳：指美好。⑪相与还：指一个接一个地飞回来。⑫此中：小则指眼前的情景，大则指田园隐逸生活。⑬真意：指人类从自然中领悟到的一种博大情怀。⑭辨：分辨。⑮忘言：不知道用什么语言来表达。

## 译文

在人来人往的地方建造居所，却感受不到凡俗车马的喧嚣。问我为什么能这样？心志淡远，所处的地方自然便显得僻静。在东篱下采摘菊花，闲逸悠然，远望可见南山。傍晚时山间景致最好，云气缭绕，飞鸟相伴还巢。其中蕴含着人生真正的意义，想要辨明却忘了怎么表达。

## 赏析

陶渊明写《饮酒》组诗共二十首，本诗是其中的第五首。这首诗以写情为主，写出了诗人归隐田园后悠然自得的心境。这首诗的意境可分为两层，前四句为一层，写诗人摆脱尘俗烦扰后的感受，表现了诗人鄙弃官场，不与统治者同流合污的思想感情。后六句为一层，写南山的美好晚景和诗人从中获得的无限乐趣，表现了诗人热爱田园生活的真情和高洁人格。"结庐在人境，而无车马喧"，写诗人虽然居住在污浊的人世间，却不受尘俗的烦扰。"问君何能尔？心远地自偏"，则在告诉世人只要"心远"，无论身处何地心灵都会是宁静的。"采菊东篱下，悠然见南山"，是说诗人在采菊时无意中望见庐山，境与意会，情与景和，物我两忘。这两句以客观景物的描写衬托出诗人的闲适心情，是千百年以来脍炙人口的名句。

# 芙蓉楼送辛渐二首（其二）

[唐] 王昌龄

丹阳<sup>①</sup>城南秋海阴，丹阳城北楚云<sup>②</sup>深。
高楼<sup>③</sup>送客不能醉，寂寂寒江明月心<sup>④</sup>。

## 注释

①丹阳：地名，在今江苏。②楚云：芙蓉楼在古时位于楚国境内，故言为"楚云"，意为楚地之云。③高楼：指芙蓉楼。④明月心：此处指将心托付给明月。

## 译文

丹阳城南望，秋海阴雨绵绵；丹阳城北望，楚地云层浓厚。芙蓉楼上送别友人，饮酒也不能尽兴，秋江江水清寒，只有明月懂得我的心意。

## 赏析

诗的前两句运用互文，"丹阳城南"与"丹阳城北"形成一种回环往复的节奏感，仿佛能看见诗人引颈相望，饱览丹阳城秋景的身影。第三、四句，诗人别出心裁，写在高楼之上为人饯别不能尽情饮酒至酩酊大醉，这寒江岑寂，一轮孤月悬空。我将愁心寄予明月，伴随着好友直到天涯海角。读完不禁要问：为何不能醉？或许是想着一别经年，恐不能再见，即便面前美酒千杯，但忧虑着自己与好友日后的前途命运，诗人难以下咽。寒江寂寂，沉默地奔涌向东。孤月悬天，诗人举头相望，万般哀情，尽随明月。这两句婉致深沉，含蓄蕴藉。

# 宣州①谢朓楼②饯别校书③叔云④

［唐］李白

弃我去者，昨日之日不可留；
乱我心者，今日之日多烦忧。
长风万里送秋雁，对此可以酣高楼。
蓬莱⑤文章建安骨⑥，中间小谢⑦又清发。
俱怀逸兴壮思飞，欲上青天览⑧明月。
抽刀断水水更流，举杯销愁⑨愁更愁。
人生在世不称意，明朝散发弄扁舟。

## 注释

①宣州：今安徽宣城。②谢朓楼：谢朓任宣州太守时所建。谢朓，字玄晖，南朝齐诗人，曾任宣城太守。③校书：官名。④叔云：李白族叔李云。⑤蓬莱：海中三神山之一，藏有幽经秘籍，此处借指李云的文章。⑥建安骨："建安风骨"的简称，指建安时，曹操父子三人与孔融、王粲、陈琳、徐干、刘桢、应玚、阮瑀"建安七子"所作诗文的风骨，其特征是"志深而笔长""梗概而多气"。建安：东汉献帝年号。⑦小谢：指谢朓。⑧览：通"揽"，摘取。⑨销愁：一作"消愁"。

## 译文

抛弃我离去的昨日时光无法挽留，扰乱我心绪的当下时光有太多

101

的烦恼忧愁。万里长风送走秋归的大雁，面对此情此景，可以登上高楼开怀畅饮。你的文章刚健清新，颇具建安风骨，我的诗像南朝的谢朓一样清新秀丽。我们都满怀豪情、壮志飞扬，飞跃的神思想要到长天之上摘取明月。抽刀劈砍流水，水流得越发湍急；举杯醉饮，想消解愁绪，却愁上加愁。人生在世总难以称心如意，还不如明日就辞官归隐、弄舟江上。

## 赏 析

作为一首离别诗，全诗构思新颖，以写愁绪抒发愤懑开头，以秋景点题，格调慷慨悲凉，虽有无限哀伤苦闷，却并不消极无力，感情沉郁奔放，跌宕起伏，是脍炙人口的佳作。开篇四句，不写叙别，不写楼，却直抒郁结，道出心中烦忧。五、六句突做转折，从苦闷中转到爽朗壮阔的境界，展开了一幅《秋空送雁图》。一"送"，一"酣"，点出了"饯别"的主题。接下来的四句赞美了李云的文章刚健遒劲，有建安风骨，又表达了诗人自己的高洁志向。全诗末尾四句抒发了诗人的感慨，理想与现实不可调和，不免烦忧苦闷，只好"散发弄扁舟"，不与浊世同污。全诗起伏跌宕，气势雄浑，充分体现了诗人内心有无法解开的烦忧之结。

## 诗词拾趣

在下面空白处填上合适的词语，组成诗句。

1. 飞流直下 ☐☐ 尺，疑是 ☐☐ 落九天。

2. ☐☐ 西辞黄鹤楼，烟花三月下 ☐☐ 。

3. 桃花潭水深 ☐☐ ，不及 ☐☐ 送我情。

4. 举头 ☐ 明月，低头思 ☐☐ 。

## 题破山寺①后禅院②

[唐] 常建

清晨入古寺，初日照高林。
曲径通幽处，禅房花木深。
山光悦鸟性，潭影空人心③。
万籁④此都寂，但余钟磬音。

**注释**

①破山寺：即兴福寺，在今江苏常熟虞山北。②后禅院：即

僧人居住的地方。③空人心：指去掉人的俗念。④万籁：自然界的各种声响。

## ⊛ 译文

清晨进入古老的寺院，初升的太阳照耀着山林。弯弯曲曲的小路通向幽深僻静的地方，繁茂的花树掩映着禅房。山上的风光让鸟儿怡然自得，潭中影像令人俗念全消。各种各样的声音在这里都归于静寂，只留下了敲钟击磬的声音。

## ⊛ 赏析

诗人在清晨登山入寺，只见旭日初升，光照山林。佛家称僧徒聚集的处所为"丛林"，所以"高林"兼有称颂禅院之意，在光照山林的景象中显露着礼赞佛宇之情。然后，诗人穿过寺中小路，走到幽深的后院，发现唱经礼佛的禅房就在后院花丛树林深处。这样幽静美妙的环境，使诗人惊叹陶醉，忘情地欣赏起来。那山光水色、鸟语花香、清潭倒影，将诗人的尘虑涤除。

此景此情，诗人仿佛领悟到了空门禅悦的奥妙，大自然和人世间的所有其他声响都静默无语，只有钟磬之音，引导人们进入纯净怡然的境界。诗以题咏禅院而抒发隐逸情趣，从晨游山寺起，而以赞美超脱结束，写景抒情而意在言外。这种委婉含蓄的构思，是诗歌常用的艺术手法。

# 渔翁

[唐] 柳宗元

渔翁夜傍<sup>①</sup>西岩<sup>②</sup>宿，晓汲<sup>③</sup>清湘<sup>④</sup>燃楚竹<sup>⑤</sup>。
烟销<sup>⑥</sup>日出不见人，欸乃<sup>⑦</sup>一声山水绿。
回看天际下中流<sup>⑧</sup>，岩上无心云相逐<sup>⑨</sup>。

### ❀ 注 释

①傍：紧挨着。②西岩：指永州境内的西山。③汲（jí）：取水。④清湘：清澈的湘江水。⑤楚竹：楚地之竹。永州在战国时属于楚国，故称。⑥销：消失、散去。一作"消"。⑦欸（ǎi）乃：拟声词，指桨声，也有人认为此处指船歌。⑧下中流：从中流向下。⑨无心云相逐：语出陶渊明《归去来辞》"云无心以出岫"，指任意飘荡的云。

### ❀ 译 文

入夜，渔翁靠着西山停船歇宿，拂晓取来清澈的湘江水，点燃楚竹做饭。云烟散尽，朝阳初升，看不到人影，只听见摇桨的声音从青山绿水间传来。回首望去，天际邈远，他已撑着小船顺中流而下。山顶之上的云朵随意飘荡追逐。

### ❀ 赏 析

全诗通篇以景衬人，以人叙事。开篇便由夜间写起，"渔翁夜傍西岩宿，晓汲清湘燃楚竹"，一位渔翁，在夜晚时分宿于山边，至晓光初至便早早醒来，打水、烧竹，张罗一天工作的补给之需。于这样平淡的事件中，却又不忘对西岩、清湘、楚竹进行介绍，从而把一份悠悠然的丽山秀水之景描摹而出。这为下一段的顺理成章打下基础，因为是清晨，所以拂晓烟雾弥漫，来不及细观，渔船早已经去无所踪。在这样茫然不知所措中，只听得摇桨声划破长空，山水仿佛随着日出而变得明亮起来。这种日光渐强，山水颜色随日光而变的过程是极其妙不可言的。而此时，耀目的日光将刚刚消失的渔船拉了回来，如同随水逐云一般悠然自逸。全诗以景贯穿全篇，寄托诗人超脱的心绪。

# 锦瑟①

[唐] 李商隐

锦瑟无端②五十弦③，一弦一柱④思⑤华年。
庄生晓梦迷蝴蝶⑥，望帝⑦春心⑧托杜鹃。
沧海月明珠有泪⑨，蓝田⑩日暖玉生烟。
此情可待成追忆，只是当时已惘然。

## 注释

①锦瑟：绘有织锦纹饰的瑟。瑟，古代一种弦乐器。②无端：无缘无故。③五十弦：传说古瑟本为五十弦，后改为二十五弦。④柱：系弦的木柱。⑤思：追忆。⑥庄生晓

梦迷蝴蝶:《庄子·齐物论》:"不知周之梦为蝴蝶欤，蝴蝶之梦为周欤?"此句以"庄周梦蝶，不辨物我"之典传达如梦似幻的迷惘心境。⑦望帝:即古蜀王杜宇，传说他死后魂魄化成啼血的杜鹃。⑧春心:伤春之心。⑨珠有泪:传说南海有鲛人，其泪可以成珠。⑩蓝田:山名，在今陕西。

## ◎ 译文

华美的瑟为什么会有五十根弦，一弦一柱都让我追忆青春年华。庄周在梦境中化成了蝴蝶，杜宇将触春而生的幽恨交托给杜鹃。海上明月皎洁，鲛人泪落成珠;蓝田阳光暖煦，美玉袅袅生烟。这样的情思哪用等到追忆时才有，当时我就已惆怅失意了。

## ◎ 赏析

"锦瑟"究竟比喻什么? 它又为何让诗人追思起似水年华呢? 其意颇难索解，但"无端"二字也正好契合了此诗朦胧的意境——"锦瑟"有"五十弦"是"无端"的，以"锦瑟"起兴也可说是"无端"的，同样，"锦瑟"与"华年"之间的联系也是"无端"的。然而，在这"无端"二字中，却又有理可循:正是因为诗人追忆起过去，所有的牵绊不停地在他的脑中萦绕，完全占据了他的思绪，伤感自己的不幸遭遇。"一弦一柱"和"思华年"分别是当时作者的"外"和"内"，此二句以外写内，虚实交错，给读者留下了巨大的体味空间，可谓匠心独具。中间四句，诗人将四个典故放在一起，构成了一组迷离恍惚的画面。这四个典故看似没有太紧密的联系，却由内而外，共同营造出了迷离的艺术效果，进而融入了诗人复杂的人生感受。尾联收束全篇，"此情"与开头的"年华"相呼应。

# 声声慢·寻寻觅觅①

### [宋] 李清照

寻寻觅觅，冷冷清清，凄凄惨惨戚戚。乍暖还寒时候，最难将息②。三杯两盏淡酒，怎敌他、晚来③风急。雁过也，正伤心，却是旧时相识。

满地黄花堆积，憔悴损、如今有谁堪摘④。守着窗儿，独自怎生⑤得黑。梧桐更兼细雨，到黄昏、点点滴滴。这次第⑥，怎一个愁字了得。

### 注释

①李清照之夫赵明诚于建炎三年（1129）病故，同年秋，作者创作此词，属悼亡词。②将息：保养休息。③晚来：一作"晓来"。④有谁堪摘：言无人可摘。⑤怎生：怎样，如何。⑥这次第：这情形。

### 译文

终日找寻，一片清冷，凄凄惨惨。秋天忽冷忽热的时候，最难调养休息。喝两三杯淡酒，怎么能抵御急吹的寒风。雁群飞过时，更是伤心，它们是当年为我传信的旧日相识。

菊花堆积满地，憔悴不堪，现在还有谁会来采摘？守在窗前，独自一人怎么熬到天黑！梧桐叶上细雨淋漓，直到黄昏，雨水仍在滴落。这光景，一个愁字怎么概括得了。

## 赏析

  这首词是李清照后期的代表作。它脍炙人口，广为传诵。细细品味它的内容，既称得上是一篇令人心碎的悲秋赋，又是一首悲怆的悼亡之作。词的上阕一开始连用了十四个叠字，很有特色，营造了一种悲伤凄凉的气氛，奠定了全词的基调。

  词的下阕紧承上阕所营造的氛围，进一步对词的氛围进行渲染。

  南渡后的李清照完全没有了当年的舒畅心情，颠沛流离，哀怨重重。"愁"这个字毫无疑问成了全词的主旋律，而淡酒、归雁、黄花、晚风，这一切都是为这个主旋律服务的。到了全篇结束时，词人用简单直白的一句"怎一个愁字了得"，将自己的愁绪和盘托出，妙义无穷，耐人回味。

## 诗词拾趣

从下面的词组中各选一个字，组成词句。

- 花好月圆 自由自在 桂子飘香 零落成泥
 水到渠成 反躬自省 流水落花

- 格物致知 一无是处 人来人往 无可厚非
 好事多磨 相安无事 休戚相关

句1

句2

# 小重山①·昨夜寒蛩②不住鸣

[宋] 岳飞

昨夜寒蛩不住鸣。惊回千里梦，已三更。起来独自绕阶行。人悄悄，帘外月胧明③。

白首为功名④。旧山⑤松竹老，阻归程。欲将心事付瑶琴⑥。知音少，弦断有谁听？

## ❀ 注释

①小重山：词牌名，又名《小重山令》《小冲山》等。②寒蛩（qióng）：深秋时节的蟋蟀。③月胧明：月光朦胧不明。④功名：这里指驱逐金兵、收复失地的功业。⑤旧山：指故乡的山。⑥瑶（yáo）琴：装饰以美玉的琴。

## ❀ 译文

已是深秋，昨夜蟋蟀不停地鸣叫。从远赴千里、杀敌报国的梦境中惊醒，已是三更。起身独自一人绕着台阶走动。人声静谧，帘外一轮淡月朦胧。

为恢复河山，人未老，头已白。家乡山上的松竹都已衰老，归去的行程频遭阻隔。想要将满腹的心事托寄于瑶琴弹奏曲。可知音太少，即便弹断了琴弦，又有谁来听？

## ❀ 赏析

三更时分，夜凉如水，从对抗金兵的梦境中惊醒的岳飞，听着寒蛩的鸣叫，独自在阶前徘徊踱步，纠结在他心头的凌乱思绪能说给谁听呢？不可违的皇命与不可改的己愿之间的冲突，是难以化解的。纵使他力主抗金，终是孤掌难鸣，敌不过朝中上下的一片议和声。收复河山固然是多少人的心愿，可惜"旧山松竹老"，多年的战争，已渐渐消磨了他们的斗志，他们不愿再打仗，不愿血流成河……可又有谁愿年年争战？难道为了一时平安就该对敌人一再妥协吗？词中没有详写这诸般思虑，只以比喻、暗示的手法曲折地表明心事，而岳飞那份忧国忧民的情怀与沉重的悲苦，无不跃然于字里行间，读之令人感叹。

## 诗词拾趣

请根据下面提供的字，写出两句诗。

| 三 | 山 | 胡 | 壮 | 云 | 土 |
|---|---|---|---|---|---|
| 血 | 尘 | 渴 | 八 | 怒 | 功 |
| 发 | 冲 | 十 | 雨 | 路 | 月 |
| 与 | 千 | 和 | 冠 | 名 | 里 |

句1

句2

# 诉衷情①·当年万里觅封侯②

[宋] 陆游

当年万里觅封侯，匹马戍③梁州④。关河⑤梦断⑥何处，尘暗旧貂裘⑦。

胡⑧未灭，鬓先秋⑨，泪空流。此生谁料，心在天山⑩，身老沧洲⑪。

## ❀注释

①诉衷情：词牌名，唐教坊曲，又称《忆当年》，唐温庭筠化用《离骚》中"众不可户说兮，孰云察余之中情"创制此调。②封侯：封拜侯爵，形容建功立业。③戍：守卫边疆。④梁州：今陕西汉中。⑤关河：关塞河川。⑥梦断：从梦中醒来。⑦尘暗旧貂裘：貂皮衣服上尽是灰尘，颜色显得暗淡。⑧胡：中国古代称北边或西域的民族为胡。⑨秋：秋霜颜色，喻指鬓角斑白。⑩天山：借指南宋与金国相持的西北前线。⑪沧洲：靠近水的地方，比喻隐遁之地。

## ❀译文

当年为了建功立业驰骋万里，单枪匹马戍守梁州。梦回前线，梦醒却不知身在何处。以前穿过的貂裘上落满了灰尘，颜色越发暗淡。

胡人还未消灭，两鬓已经斑白，泪水徒然流淌。这一生，谁能料到，心始终在抗敌前线，人却老死在了临水的洲渚边。

　　开篇两句"当年万里觅封侯，匹马戍梁州"直接把读者带到词人最意气风发的一段岁月。当年词人被派到抗金前线，戍守梁州，戎马疆场，一心想要建功立业来报效国家。"万里"与"匹马"形成一个强烈的视觉反差，描摹出一个大丈夫横刀立马在苍凉边疆的形象。接着，"关河梦断何处，尘暗旧貂裘"两句写出词人早已离开那万里疆场，只能一次次在梦中追寻。上阕一虚一实，前后落差明显，情感基调也由激昂转向悲凉，表现出词人现实生活的暗淡，对当年戎马生活充满无限的怀恋。

　　下阕"胡未灭，鬓先秋，泪空流"语调连贯急促，写出英雄迟暮之感。"未""先"二字表现了词人对现实的无奈和酸楚，而"空"字表达了词人志向落空后的痛苦。最后词人借以"此生谁料，心在天山，身老沧洲"来回顾自己的一生，谁也不会想到，词人的一生竟会在身心分离的苦痛中度过，报效国家的大志向穷尽一生也没有实现。

# 钗头凤·世情薄

[宋] 唐琬

世情薄，人情恶，雨送黄昏花易落。晓风干，泪痕残。欲笺①心事，独语斜阑②。难，难，难！

人成各，今非昨，病魂常似秋千索③。角声寒，夜阑珊④。怕人寻问，咽泪装欢。瞒，瞒，瞒！

## 注释

①笺：书写。②斜阑：栏杆。③秋千索：摇荡的秋千。④阑珊：消减，衰残。

## 译文

世情凉薄，人心险恶，黄昏细雨，桃花轻易便被打落。早晨的风吹干了残留的泪痕。想要把心事写下来，却不知从何写起，只能独自一人，斜倚栏杆，喃喃低语。难，难，难！

相爱的人已各自成家，今日不同于昨日，病中神思恍惚，就仿佛那摇荡的秋千索。号角的声音凄寒，夜色将近。怕有人询问，咽下泪水，假装欢笑。瞒，瞒，瞒！

## 赏析

词的开篇"世情薄，人情恶，雨送黄昏花易落"便有凄凉之意。词人直接抒发对世俗礼教戕害真爱的愤恨之情，世间的情感淡薄，人与人之间尽是恶意，在这雨天的黄昏中，花儿经不起摧残。"晓风干，泪痕残"写出了词人内心极强烈的痛苦。"欲笺心事，独语斜阑。难，难，难！"词人想要写下心中的苦痛，却无处落笔。只能在这栏杆处独自言语，三个"难"层叠说出，这是词人对世情、人情最痛彻的领悟。

下阕"人成各，今非昨，病魂常似秋千索"描写现在两人的情况，今非昔比的巨大鸿沟就出现在词人与有情人之间，词人整日消沉，疾病缠身，仿佛失了魂，无精打采像一个摇摆的秋千。"角声寒，夜阑珊"写出词人在每一个难以入眠的夜晚，听着窗外凄凉的角声，漫漫长夜一点一点衰残。"怕人寻问，咽泪装欢。瞒，瞒，瞒！"写出了词人另嫁他人后的凄惨处境，心中的悲伤不敢表露，无人理解。

## 唐琬和陆游

诗词拾趣

陆游的原配妻子是他的表妹唐琬。两人自幼相识，青梅竹马，婚后，日子过得颇为和美。一次，陆游的母亲到庙中上香求签，被告知唐琬命硬，不仅克夫还克公婆。

陆游的母亲听了，便让陆游休了唐琬。陆游不同意，他母亲就寻死觅活。没办法，陆游只能答应母亲。后来，在母亲的安排下，陆游另娶。唐琬也无奈改嫁。

十年后，唐琬和丈夫赵士程到绍兴的沈园去游玩，正好碰见陆游，在征得丈夫同意后，给陆游送了些酒菜。陆游很感慨，写了《钗头凤》来缅怀两人的爱情。唐琬则以此词应和。此后不久，本就体弱的唐琬就病逝了。

# 山坡羊① · 潼关②怀古

[元] 张养浩

峰峦如聚，波涛如怒，山河表里③潼关路。望西都④，意踌躇⑤。伤心秦汉经行处⑥，宫阙万间都做了土。兴，百姓苦；亡，百姓苦⑦。

## 注释

①山坡羊：曲牌名，又作《苏武持节》《山坡里羊》。②潼关：古时的关口名，位于今陕西境内，为历代的军事重地。此句指潼关外面有黄河，里面有华山，地势险要。③表里：内外。④西都：秦、西汉时以长安（今陕西西安）为都城，东汉则建都洛阳，因此洛阳被称为东都，长安被称为西都。⑤踌躇（chóu chú）：又写作"踟蹰"（chí chú），形容犹豫不定的样子。这里形容因有心事而徘徊。⑥秦汉经行处：途中所见的秦汉宫殿的遗址。这里是指秦朝的都城咸阳与西汉的都城长安都位于潼关的西面。经行处，经过的地方。⑦兴、亡：这里指朝代的兴盛、衰亡。

## 译文

华山群峰攒聚，黄河波涛汹涌，潼关古路内接华山、外连黄河，地势险峻。遥望长安，思绪起伏。

令人伤心的是途经秦汉故地，看到无数的宫殿都化作了尘土。王朝兴盛，百姓受苦；王朝衰亡，百姓依旧受苦。

### ❀ 赏 析

起首三句"峰峦如聚，波涛如怒，山河表里潼关路"描写了作者赴任途中经过潼关时所看见的景象。一个"聚"字，一个"怒"字，将"山河"拟人化，使得群山巍峨挺立、黄河之水奔腾的豪迈气势，形象而传神地呈现在读者面前。

身负赈灾重任的张养浩面对如此雄伟的山河，念及灾难中的饥民，不由地遥望古都长安的方向，思绪翻涌，感慨万千。"宫阙万间都做了土"，是朝代由盛到衰的证明，同时也暗示了改朝换代时的惨烈战争。

思及历史与现实的种种，张养浩的"伤心"从怀古转为对百姓的同情、对历代当权者的指责："兴，百姓苦；亡，百姓苦。"朝代兴盛时，大兴土木，劳役繁重；朝代更替时，则是战争连连、动荡不安，无论怎样，身在底层的百姓都在承受苦难。

# 诗词拾趣

不

**P10**

句1：瀚海阑干百丈冰

句2：愁云惨淡万里凝

**P12**

B

**P17**

句1：王师北定中原日

句2：马上相逢无纸笔

家

**P27**

句1：草树知春不久归

句2：百般红紫斗芳菲

**P30**

1. 红

2. 红

3. 黄

4. 红　　紫

**P34**

C

云

**P39**

句1：秦时明月汉时关

句2：万里长征人未还

归

**P64**

1. 异乡　佳节

2. 酒　故人

3. 不见　响

4. 漠漠　夏木

**P67**

D

句1：人生自古谁无死

句2：留取丹心照汗青

书

P85

句1：此曲只应天上有

句2：人间能得几回闻

P95

D

心

P103

1. 三千　银河

2. 故人　扬州

3. 千尺　汪伦

4. 望　故乡

P109

句1：花自飘零水自流

句2：物是人非事事休

P111

句1：三十功名尘与土

句2：八千里路云和月

**画中诗，诗里画**

P36

篙：一叶渔船两小童，

　　收篙停棹坐船中。

尖：小荷才露尖尖角，

　　早有蜻蜓立上头。

空：昔人已乘黄鹤去，

　　此地空余黄鹤楼。

P78

垂：碧玉妆成一树高，

　　万条垂下绿丝绦。

风：儿童散学归来早，

　　忙趁东风放纸鸢。

塞：西塞山前白鹭飞，

　　桃花流水鳜鱼肥。

选题策划：陈丽辉

文稿整理：木　梓　　张丽莹
　　　　　高　美　　林文超
　　　　　吴　峰　　袁子峰
　　　　　邓　婧　　李旻璇

特约编辑：白海波

版式设计：段　瑶

排版制作：张大伟

封面绘制：厚　闲

插图绘制：深圳画意文化